KB109445

일우 스님의

삶의 브릿지

生活

해조음

제법종본래(諸法從本來)

상자적멸상(常自寂滅相)

불자행도이(佛子行道已)

내세득작불(來世得作佛)

모든 법은 본래부터 오면서

항상 스스로 적멸한 것이니

불자들이 도를 이렇게 행하면

오는 세상에 부처를 이루리라.

– 법화경 사구게

일우 스님의

삶의 브릿지

生活

브릿지

믿음이 삶의 브릿지가 되기를

오늘 아침 백합이 활짝 만개해 특유의 향내로 코끝을 자극하며 아름다움을 선물하네요. 바람에 흔들리며 피어나는 백합처럼 모든 것이 씨앗으로 시작해서 햇빛과 비바람 속에서 열매를 맺습니다. 그 씨앗의 희생이란 것이 있기 때문에 열매를 거둘 수 있습니다.

우리는 이 열매를 먹고 살아갑니다. 씨앗의 희생 없이 열매를 먹을 수 없듯이 우리들의 삶속에도 씨앗을 품고 있습니다. 씨앗이 잘 열매 맺는 일은 곧 행복과 직결됩니다.

행복이란 다른 측면에서 살펴보면 참을성과 받아들임이라고 할 수 있습니다. 힘든 것, 괴로운 것, 즐거운 것들을 모두 받아들여서 내어보낼 때는 행복이란 한 가지로 내어보냄으로써 가정의 화목이 시작되지 않을까요.

가정이 행복하려면 바로 인욕이란 바라밀의 씨앗이 있어야 합니다. 내가 조금 희생하고 인욕바라밀을 행함으로써 참 행복한 가정이 되는 것입니다. 죽어서 극락에 갈 생각하지 말고 살아서 행복을 만들고 영위해 간다면 죽음과 삶을 넘어 불국정토가 항상 존재하게 되는 것 아닐까요.

가정이 행복하고 사회가 서로 신뢰할 수 있으며 국가가 안녕할 수 있는 모든 원천은 바로 씨앗에 있습니다. 비록 씨앗은 썩지만 많은 열매를 맺을 수 있는 꿈과 희망이 믿음으로 굳건히 뿌리내릴 때 삶이 변화 발전할 수 있을 거라 생각합니다.

씨앗이 썩어 희생함으로써 그 가운데 초목이 자라고 꽃이 피며 다시 많은 열매를 맺습니다. 우리들의 삶 또한 행복을 위해 양보하고 웃음을 잃지 않기 위해 희생하며, 남을 배려하고 두루 성찰하고 배려하는 마음이 삶의 브릿지가 된다면 향기 가득한 꽃과 열매를 맺을 것입니다. 또한 늘 정토의 행복한 삶과 모두가 원만히 두루 조화를 이룬 인드라망으로서의 화합된 세상이 되지 않을까요.

그것을 믿고 꿈과 비전을 제시하며 늘 나 없는 나의 삶을 살기를 서원하는 큰 믿음을 내는 것이 삶의 지표가 되었을 때 자리이타를 넘어 하나의 원융한 삶으로 회향할 수 있을 것입니다.

행복과 불행 모든 것이 마음에 있다는 것을 새삼 깨닫게 됩니다. 그렇기 때문에 인욕하고 정진하는 마음을 내기만 하면 우리들은 늘 극락세계에서 살 수 있을 것이며, 영원을 노래할 수 있을 것입니다. 그 희망을 실현시켜 주는 것은 바로 삶속의 믿음이 브릿지가 되어 줄 테니까요. 믿음이 삶의 브릿지가 되어 행복으로 꽃피우기를 바랍니다. 『삶의 브릿지』란 책이 내 삶속의 행복을 이어주는 다리, 내 삶에서 영원을 노래할 수 있는 연결고리가 되기를 희망합니다.

끝으로 이 책이 나오기까지 물심양면으로 노력하고 애쓰신 해조음 이철순 대표님께 항상 불은이 충만하여 해조음의 무궁한 발전 있으시길 기원 드립니다.

7월 여름날 성관음사 관음실에서 **효동 일우** 합장

공급일간월(共汲一澗月)

자다분청연(煮茶分靑煙)

일일론하사(日日論何事)

염불급참선(念佛及參禪)

시냇물 속 달을 함께 길어다가

차를 달여 마시니 푸른 연기가 퍼지는구나!

날마다 무슨 일 그리 골똘히 논하는가

염불과 기도뿐일세.

신(信)

믿음이 근본이다

행복의 바탕은 믿음이다

알곡이라는 말이 있습니다. 쭉정이를 뺀 알짜배기를 이르는 말입니다. 논에도 바람만 좀 불었다 하면 쭉정이들이 더 많고 알곡이 별로 없습니다. 우리 주위에도 진짜 알곡은 20% 정도라고 합니다. 쭉정이가 아니라 알곡이 되기 위해서 열심히 살아야 합니다.

중생의 심리는 늘 허망한 짓을 반복해서 합니다. 그래서 중생이라고 이름 부르는지도 모릅니다. 허망하다고 생각하고 딱 끊어버리면 되는데 끊지 못하는 게 중생의 심리입니다. 중생과 부처가 둘이 아니지만 중생은 습관과 버릇 끊기가 그렇게 어렵습니다.

습관과 버릇은 결국 업이 되고 그 업이 쌓이고 쌓여서 어떤 모양새를 가지고 중생의 모습으로 이승에서 지금 살아가고 있습니다.

중생으로 살아가고 있는데 어떻게 보면 자기가 아는 만큼 살아가는 것입니다. 모르면 모르는 만큼 살아가고, 알면 아는 만큼 살아갑니다. 아는 게 많으니까 잘 사는 사람이 되는 거고, 모르니까 못 살아가는 것입니다. 알고 보면 업력에 갇혀서 그렇습니다.

행복해지려면 어떻게 해야 할까요? 누구나 행복하려고 부단히도 노력하고 애쓰고 있지만 실천하는 믿음이 없으면 결코 행복해질 수 없습니다. 천수경을 한번 읽어도 거기에 맞는 실천이 필요하고 그 가르침대로 행하려는 마음이 중요한 것입니다. 경전을 많이 안다고 도사가 되는 것이 아닙니다.

스스로 마음에 알음알이가 탁 터져서 부처님의 가르침이나 관세음보살의 가피를 입으면 행복해질 수 있습니다. 그런 것 없이 무조건 공부만 많이 하고 이 스님 저 스님 찾아다니면서 법문 많이 듣는다고 해서 진정한 행복을 찾는 것은 아닙니다. 귀는 즐겁지만 지나가면 다 잊어버리게 됩니다. 생활이 되고 습관이 되어야 행복과 연결될 수 있습니다.

깨달음이라는 것도 꾸준하게 공부한다고 되는 것이 아닙니다. 무엇을 공부한다고 오는 게 아니라 행주좌와어묵동정(行住坐臥語默動靜)의 순간순간을 놓치지 않아야 합니다. 지혜 문리(文理)가 거기서 터지는 것입니다. 절에 가서 열심히 관세음보살께 기도하고 축원하고 스스로 발원하고 권공하고 신행 생활을 했을 때 마음에 관세음보살이 자리를 딱 잡았을 때 가피력이 생기는 것입니다.

마음은 중생살이에 늘 바쁩니다. 관세음보살 앞에서 권공을 하고 기도를 하고 축원까지 하는 데도 정신이 온전하게 머물러 있지 않다면 아무 소용이 없습니다. 기도하는 동안에도 알고 보면 온갖 번뇌로 가득할 때가 많습니다. 집을 나서며 무엇도 잊어버리고, 무엇도 안 했고 절에 가면서 기분 나빴던 것이 그냥 절하는 동안에도 계속 쌓이고 쌓이게 됩니다.

그런 기도는 결코 가피를 입을 수 없습니다. 한 시간을 제대로 기도를 하고 정말 관세음보살에게 의지해 보고, 잠시 잠깐이라도 그 의지하는 마음이 진실 되었다면 관세음보살의 가피력을 입을 수 있습니다.

법화경에는 이런 대목이 나옵니다.

무진의보살이 자리에서 일어나 오른 어깨를 드러내어 진실을 보이고 합장하여 부처님을 향하여 이렇게 말하였습니다.

"세존이시여, 관세음보살은 어떤 인연으로 관세음이라 합니까?"

부처님께서 무진의보살에게 말씀하셨습니다.

"무진의여, 만약 어떤 사람이 육십 이억 모래 수와 같은 보살의 이름을 받아 지니고, 또 몸이 다하도록 음식과 의복과 침구와 의약으로 공양한다면 그대는 어떻게 생각하는가? 이 선남자, 선여인의 공덕이 많겠는가? 이렇게 공양한 공덕과 한 순간만 관세음보살 이름을 부른 공덕이 똑같으니라."

어떤 이가 백억 항하사 모래알 같이 많은 보살에게 공양, 의복,

의구, 침구 등 필요한 것을 다 가져다 백천만 겁이 지나도록 공양했던 것이나, 절에 가서 한 시간을 몰입하고 관세음보살을 찾은 공덕이나 똑같다고 하셨습니다.

수많은 보살에게 세세생생토록 공양하고, 의복이나 약, 필요한 침구라든지 다 들여가면서 그렇게 받들어 봉양한 것이나, 절에 가서 관세음보살을 일심으로 칭명하고 한 순간이라도 관세음보살과 자신이 하나가 되는 그 찰라의 공덕이 조금도 다르지 않다는 것입니다.

그와 같이 관세음보살을 생각하고 기도를 해야 합니다. 한번을 친견하고 동참을 하더라도 그와 같이 관세음보살을 여실히 생각하고 진실로 마음에서 관세음보살을 찾았는지 생각해 보아야 합니다. 진실한 마음은 곧 믿음과 직결되고 우리의 행복은 거기서부터 시작이 됩니다.

믿음을 등불 삼아

풍정화유락(風定花猶落) 조명산갱유(鳥鳴山更幽)

천공백운효(天共白雲曉) 수화명월류(水和明月流)

바람은 자도 꽃은 오히려 지고

새가 우니 산은 더욱 적막하다

하늘은 흰 구름과 더불어 새벽을 맞이하고

물은 밝은 달과 함께 흘러가네.

서산대사가 남긴 선시입니다.

꽃이 피려면 바람이 불어야 합니다. 바람에 흔들리지 않고 피는 꽃이 어디 있을까요? 마음이 흔들렸기 때문에 삶이 의미가 있습니다. 마음이 설레고 가슴이 흔들릴 때 그 옆을 보면 어느 순간 사랑하는 사람이 있는 것입니다. 그렇게 설레는 마음으로 피는 가슴으로 바람이 불었으니까 꽃이 피는 것입니다.

그런데 바람이 잔잔해지면 꽃은 오히려 시들어갑니다. 살아보니 있어도 있는 둥 마는 둥 하고 살면 무기력증에 빠지기 때문입니다. 재미라고는 하나도 없고 사는 게 왜 이러나 싶을 때가 있습니다. 그 럴수록 얼굴에 주름살은 자꾸 늘어납니다. 속으로 고민하면 자꾸 주름은 늘어나게 되어 있습니다. 답답하고 힘들어하고 고민스러워 하니까 살 맛이 안 나는 것입니다. 그래서 인생에는 활력이 필요합니다.

세상살이는 재미가 있어야 합니다. 날마다 숨 쉬는 것도 감사할 수 있어야 합니다. 눈을 떠 남편을 보고 있는 것도 행복하고 자식 있는 걸 봐도 행복할 수 있어야 합니다.

그런데 '나'라는 존재로 가득차 있으면 절대 행복할 수 없습니다. 상견중생(相見衆生)이라 하듯이, '나'라는 존재가 딱 들어앉아 상을 내면 고약한 '나'가 있을 뿐입니다. 그런 '나'는 대접받기 좋아하고, 주는 것보다 받기를 좋아하고, 인사하는 것보다 인사 받기 좋아합니다. 좋은 말은 듣기 좋아하고, 미운 사람은 보기 싫어하고, 자기 에게 잘해주는 사람은 보기 좋아합니다.

이렇게 가지가지로 자기를 대접해 주기를 바라면 자주 신경질이 나서 절대 행복할 수 없습니다. '나'라는 존재를 넣어 놓고는 절대 행복할 수가 없습니다.

'나'라는 존재의 상을 과감히 버릴 수 있어야 합니다. 그냥 놓아 버려야 합니다. 가정을 행복하게 하려면 '나'라는 존재는 없어야 합니다. 결혼하는 그날로 남편을 위해서 살아야 마음이 편안합니다. 자식이 생기면 그날로 자식과 더불어서 성장할 수 있어야 합니다. 이렇게 해서 자식 하나는 잘 키워봐야 되겠다는 생각과 내 남편 출세 한번 시켜봐야 되겠다는 생각을 하면서 살면, 자기가 들어설 공간이 없으니까 행복할 수 있다는 것입니다.

'나'가 없으니까 남편이 늦게 들어와도 고맙고 행복할 수 있습니다. "당신 하루 종일 기다렸어요. 오늘 무슨 일 있었어요?" 하면서 대화가 이어질 수 있습니다. 그런데 '나'가 남편 자리에 딱 들어앉으면 남편이 늦게 들어온 사정은 온 데 간 데 없고, 늦게 들어와 밥 차려 주는 것만 해도 다행인 줄 알라는 식으로 화를 내기 시작합니다. 결국은 말다툼으로 번지게 됩니다. 남편에 대해 감사한 줄 모르는 아내는 결코 행복해질 수 없습니다.

절에 가서 불자로서 기도하고 열심히 정진하는 불자가 있는 반면, 재미없어 못 살겠고 세상이 답답해서 못 살겠다고 하면서 늘 불평하는 불자도 있습니다. 누가 잘해 주니까 자기가 잘나서 그런 줄 알고 거기에 정신을 쏟고 난리를 피우다가 패가망신하는 사람도 있습니다.

아내의 자리와 엄마의 자리는 이렇게 중요합니다. 또 상황이 좋지 않아 집안이 기울더라도 아내와 엄마는 늘 피어있는 꽃이 되어야 합니다. 그렇게 자성을 밝혀야 합니다. '즐겁다, 행복하다' 하고 자꾸 스스로 최면을 걸면 행복해집니다. '괴롭다 힘들다 어찌 할꼬? 귀찮다'고 생각하니까 힘들고 싫은 것입니다. 스스로에게 최면을 걸어서 남편의 입장이 되고 자식의 입장이 되어 한 집안의 아내로서 거듭 태어나면 가족들이 다 좋아합니다.

자신이 좀 힘들고 고단하고 어려우면 주위 사람들은 다 좋아지는 이치를 알아야 합니다. 몸뚱이는 다 썩어서 없어지는데 너무 집착하지 않아야 합니다. 아끼고 절약하고 열심히 살면서, 부처님에 대한 믿음의 끈을 놓지 않는 게 중요합니다.

그래서 어머니의 자리가 그렇게 중요하고 아내의 자리가 소중한 것입니다. 어머니는 한 가족의 울타리가 되어주고 반짝반짝 빛이 나야 합니다. 우거지상을 하고 있으면 남편은 자연히 밖으로만 돌게 됩니다. 집안이 매일 찌푸리고 비오는 날씨면 밖에 쨍한 날씨를 보고 싶어하는 게 사람의 마음입니다. 남편에게 밖으로만 돈다고 욕하고 화만 내지 말고, 자신의 살림살이를 잘 단속하고 살아야 합니다. 그러면 딴 곳으로 시선을 돌리던 남편도 돌아오게 됩니다.

남편이 좀 늦으면 저녁에 전기 아낀다고 불 꺼버리지 말고 올 때까지 환하게 밝혀놓고 기다리는 흉내라도 내고 그렇게 해 보는 것도 좋은 방법입니다. 남편이 왔을 때 고생했다고 말하고 옷이라도 받아주는 태도가 남편에게 엄청난 힘을 줍니다.

어떤 마음으로 부처님을 믿어야 할까요?

나온 곳을 모르면 갈 곳도 모르게 됩니다. 뿌리를 모르고 줄기만 성성하길 바라는 것은 어리석은 생각입니다. 도리를 하고 산다는 것은 알고 보면 선대 조상의 유전인자를 받아서 자신이 또 복력을 지어서 아랫대로 물려줄 유전인자를 주는 행위를 일삼는 것입니다. 자기 혼자라고만 생각하는 데서 잘못된 오류를 범하는 것입니다.

죽을 때 언제 죽을 지 알 것 같으면 이 세상에 올 사람은 한 사람도 없습니다. 부처님은 성자이기 때문에 의지하는 것입니다. 정신적으로 의지해서 부처님의 가르침대로 사는 것이 불자의 도리입니다. 부처님은 지견이 지혜로우니까 지혜로서 세상 이치를 밝혀 확연히 알게 되는 것입니다. 거기에 의지하니까 영혼이 맑아지고 마음자리가 편안하게 되는 것입니다.

운명은 자신이 만드는 것이고 복은 자신이 구하는 것입니다. 절에 가서 공양을 올리고 지극하게 발원하고 기도하는 것은 운명을 만들어가는 것이고 복을 구하는 것입니다. 이렇게 해서 고통과 괴로움으로부터 벗어나서 이고득락할 수 있는 그 원천을 만들어가는 것입니다.

꾸준하게 절에 가서 부처님을 참배하고 참회하는 마음, 부처님의 자식으로서 사는 그 마음이 오롯이 모이면 지혜가 증득되고 복력은 구족해집니다. 그것이 쌓이면 자신의 살림살이가 원하는 대로 이루어지는 것입니다.

절에 가서 부처님 앞에서도 그런 마음을 잃지 않아야 그게 결국은 생활 속의 불교가 되는 것입니다. 행주좌와어묵동정 생활 속에 늘 부처님이 살아 있으면 내 가족이나 모든 사람이 함께 행복을 노래할 수 있습니다.

이와 같이 늘 복을 짓고 운명을 만들어가야 합니다. 그렇게 하는데 꼭 필요한 것이 믿음이라는 등불입니다. 믿음이라는 등불을 켜고 부처님을 닮아가는 삶을 살 때 지혜가 길을 훤히 밝혀 줄 것입니다.

믿음으로 사는 정돈된 삶은
참 부처가 되는 길

공급일간월(共汲一澗月) 자다분청연(煮茶分靑煙)

일일론하사(日日論何事) 염불급참선(念佛及參禪)

시냇물 속 달을 함께 길어다가

차를 달여 마시니 푸른 연기가 퍼지는구나!

날마다 무슨 일 그리 골똘히 논하는가

염불과 기도뿐일세.

서산대사가 지으신 선시입니다.

우리의 삶이라는 게 알고 보면 늘 바쁘다고 온종일 정신없이 다니고, 정신없이 일해도 알고 보면 자신이 무엇을 하고 사는가를 깨닫지 못합니다. '수처작주(隨處作主)'라는 말이 있듯이 어디에서 살던 간에 자기가 주인 노릇을 하고 살아야 합니다.

주인 노릇을 하고 살려면 어떻게 해야 할까요?

그 첫째 조건으로 항상 정리된 삶을 사는 것입니다. 불자들은 법회날이 되면 절에는 가야 되고, 여기저기 늘 바쁘게 살다 보면 집안 살림도 잘 정리 되기가 어렵습니다. 그만큼 더 부지런해야 하고 더 노력을 해야 살림살이가 정리가 됩니다.

이 세상에서 100년의 삶을 준비하는 것은 어머니 뱃속 열 달의 삶입니다. 이 세상에서 100년의 삶은 다음 생의 천 년을 살 준비를 하는 삶이 되어야 합니다. 늘 여기에서 끝난다고 생각하는 게 문제가 됩니다. 정신없이 왔다가 정신없이 살고 정신없이 그냥 하다보니까 어느새 세월만 가버리고 인생은 저물어 버립니다. 항상 깨어있는 삶을 살려면 정리된 삶을 살아야 합니다.

적어도 자신이 가지고 있는 살림살이는 일 년에 한 번 쓰더라도 그 자리에 있다는 것을 알 수 있는 사람, 그게 정리된 사람입니다. 정리가 되어 있지 않으면 무엇 하나 찾으려고 하면 온 살림살이를 다 뒤집어 놓아야 되고, 공연히 옆에 있는 사람을 원망하는 마음이 생기기도 합니다.

정리된 삶을 살면 그만큼 완벽하게 되어 갑니다. 영원할 수 없는 물질이라도 정리해 가면서 산다는 것은 희망을 보고 미래를 보고 그만큼 꿈꾸는 삶이 될 수 있습니다. 헝클어진 삶을 살아서는 되는 일이 없습니다. 정리된 살림살이를 하는가, 또는 정리된 삶을 살지 못하는가의 그 차이에서 천지 차이로 다르게 변하게 됩니다.

정리된 삶에서는 우리가 희망을 볼 수 있습니다. 반대로 원망하거나 미워하거나 시기하거나 괴로움을 남의 탓으로 돌리면 지옥은 따 놓은 당상입니다. 그래서 이런 말이 있습니다.

"천상문은 늘 열려 있어서 오는 사람들은 누구도 막는 사람도 없다. 그런데도 천상에 가지 못하는 것은 내 마음에 수처작주(隨處作主)하지 못했기 때문이고, 지옥은 오지 말라고 그렇게 문을 닫아놓아도 그 앞에 가서 줄을 서 있는 것은 그만큼 내 생활을 업력으로 살아가고 있기 때문이다."

그러니까 중생은 업력대로 그냥 살아가는 것입니다. 천 동 만 동 닫혀 있는 지옥문은 만원이 되고, 열려 있는 천상문은 아무리 기다려도 오는 사람이 별로 없다는 것입니다. 늘 내가 살아왔던 그 발자취가 정리되어 있다면 가는 길도 가볍게 갈 수 있습니다. 어떻게 보면 조금 더 빠르게 움직이고 민첩한 생활을 하고 살아 있는 동안은 악착같이 눈을 뜨고 살려고 생각을 해야 됩니다. 자기의 살림살이가 정리가 되어 있느냐 안 되어 있느냐 그 차이에서 힘든 삶이 될 수도 있고, 아니면 행복한 삶이 될 수도 있습니다. 모든 게 자기 마음에 달려 있는 것입니다.

삶 속에서 정리 정돈되고 질서가 잡혀서 살아가는 것의 첫 출발은 자기 자신에게 달려 있습니다. 자식 원망하고 남편 원망하고 시집 원망해도 알고 보면 자신이 그렇게 질서가 잡혀 있지 못한 데서 오는 혼돈이고 혼란입니다. 자신으로부터 혼란이 일어나니까 남 원망하고 불평하게 됩니다.

스스로 뭐든지 완벽하게 하려면 연습이 필요합니다. 늘 자신의 삶을 연습처럼 하되 오늘을 살고나면 다시는 돌아오지 않는다는 사실을 명심하고 살아야 합니다. 그래서 연습 같지만 실전처럼 살아야 합니다. 항상 챙겨볼 줄 알고 정리할 줄 아는 그런 사람이 되면 뭐든지 어려운 과정에서도 정리해 나가는 것에서 답을 얻을 수가 있습니다. 그렇게 해가면서 살아가면 지금 힘들고 어렵고 막힌 게 어디 있는지를 스스로 알아차릴 수 있습니다. 알아차리지 못하니까 늘 혼돈 속에서 살아가는 것입니다.

부처님께서도 화엄경, 아함경, 방등경, 반야경 등 수많은 경전에서 방편품으로 말씀을 하셨습니다. 사람 사는 것도 근기에 따라서 말씀하셨습니다. 그렇게 한 것은 '모든 길은 로마로 통한다'는 말이 있듯이 누구에게나 불성이 있다는 한 가지를 가르치기 위해서입니다. 사람들마다의 근기에 맞춰진 이야기를 하다 보니까 팔만사천 가지가지 방편이 다 동원 되었던 것입니다.

그래서 부처님께서는 사람들마다도 전부 근기가 다르니까 팔만사천 가지가지 방편으로 이야기할 수밖에 없었습니다. 전생 내생 살아오면서 수없이 나라는 존재는 이미 태어나고 죽고, 태어나고 죽고 이렇게 끝없이 살아왔습니다. 그 가운데서 가르쳐 주지 않아도 업력이 계속해서 쌓여 왔습니다. 사람으로서 업력이 쌓이는 것입니다. 그 업력이 불쑥불쑥 솟아 올라오는 것입니다. 화가 나는 이유가 어제 오늘 화를 내고 살았던 게 아니라 수억 겁 생을 그렇게 화를 내고 마음에 안 든다고 몸서리를 쳐가면서 힘들게 했다는 것입니다. 하루아침에 그렇게 된 것이 결코 아닙니다.

살림살이도 역시 마찬가지입니다. 정리 정돈을 잘 하고 사는 사람은 늘 민첩하게 살고, 항상 위기감을 느끼고 긴장하며 사는 모습을 볼 수 있습니다. 열심히 산 사람들을 보면 설령 어떤 큰 위기가 닥쳐서 내일 당장 문을 닫더라도 그 속에서도 또 희망을 보게 됩니다. 그렇지만 정리 정돈이 못 되고 질서가 안 잡힌 사람은 망하면 원망하고 욕하다가 죽는 것입니다. 그러니 죽으면서까지 원결을 맺고 죽는 경우를 보게 됩니다.

지금 21세기를 살면서 자살하는 사람을 자주 접하게 됩니다. 자살을 하는 사람들이 자기 탓을 하고 죽는 사람은 한 명도 없고, 전부 남 탓하다가 죽는 경우가 많습니다. 남을 원망하는 마음속에서 자기의 목숨도 헛되이 버리는 것입니다.

평소에 자기 생활에서 질서가 잡히고 정리된 삶을 사는 사람은 그 가운데서도 다시 내일이라는 희망을 보고 긍정적으로 마음을 돌립니다. 그런데 대다수가 그렇지 못한 사람들이 많다는 게 문제가 됩니다. '내가 죽어서도 저 원수 갚아야지' 하면서 죽습니다. 이 생에 와서도 그 습관을 못 버리니까 자꾸 죽는 것입니다.

이 세상에서 남의 생명도 매우 소중하게 여기고, 한낱 미물이나 짐승의 생명도 소중히 여기는 사람은 자기 몸도 정말 소중히 여깁니다. 자기 몸을 소중히 여기니까 자기 자신부터 정리가 됩니다. 남도 소중하고 한낱 미물인 짐승이지만 소중하게 함부로 살생하지 않는 것입니다.

모든 게 자기 자신부터 시작하는데 나라는 존재는 엉망으로 살면서 원망만 자꾸 하고 앉아 있으면 아무런 발전이 없습니다. 이런 생각을 버려야 됩니다. 내가 눈으로 보고 귀로 듣고 뜻으로 느끼고 의식을 하고 냄새 맡고 맛보고 감촉을 느끼는 이 자체가 외부에서 온 모든 환경이 됩니다. 이 환경에 속고 물질에 속고, 그렇게 속다 보니까 결국 거기에서 스스로의 마음에 원망하는 마음, 미워하는 마음, 시기하는 마음, 질투하는 마음이 계속해서 업력처럼 쌓여 왔던 것입니다.

우리가 남을 칭찬하는 것은 굉장히 인색합니다. 정리가 되어 있고 질서가 잡혀 있는 사람은 남을 칭찬해도 절대 어색하지 않습니다. 그냥 칭찬이 술술 나옵니다. "당신 진짜 멋있다, 어떻게 이렇게 했습니까?" 이렇게 칭찬해 주는 말도 먼저 정리가 되어 있고 질서가 잡혀 있음으로서 쉽게 나옵니다. 아침에 자고 일어난 그대로 그냥 폭탄머리가 된 채 하루 종일 세수도 안하고 살림이 정리가 안 되어 있으면 그런 칭찬의 말이 쉽게 나오지 않습니다.

내면에서 일어나는 일들이 질서가 잡히지 않고 정리가 되어 있지 않으면 제일 먼저 눈으로 표출이 됩니다. 눈은 마음의 창입니다. 눈을 보면 그냥 빙판에 넘어진 소눈같이 풀럭거리고 있는 사람들은 자기 간을 먼저 태우는 사람입니다. 원망심 진망심이 증폭되고 많아지면 많아질수록, 또 그 횟수가 늘어나면 늘어날수록 자기 몸이 먼저 아프고 자기 마음에 병이 오게 되어 있습니다.

이런 사람들이 결국은 원망으로 치닫고 반발심만 가지게 됩니다. 이런 사람들을 쓸데없는 존재라고 말합니다. 쓸데없는 존재라는 것은 암적인 존재라는 말과 통합니다. 그런 사람이 암에 제일 먼저 걸릴 수 있습니다. 별난 사람이 암에 먼저 걸리고, 남을 원망 잘하는 사람이 암에 걸리고 고통 받고 괴로워하게 되어 있습니다.

반면 정리하고 정돈되어 있고 질서가 잡혀 있는 사람은 긍정적인 성향이 강합니다. 이런 사람은 벌써 수용할 마음의 준비가 되어 있습니다. 어떠한 힘듦이 와도 수용하겠다는 준비가 되어 있고, 힘듦을 힘듦으로 받아들이는 게 아니라 힘듦조차도 긍정적으로 받아들입니다. 생각하는 게 다르고 많은 부분은 자기가 수용합니다. 수용을 그렇게 했는 데도 수용한 바 없이 수용해 버립니다. 언제 봐도 마음이 편안해서 그 사람 옆에는 늘 사람이 많습니다. 그런 사람들 옆에는 의논하는 사람도 많고, 그 사람에게 와서 어려운 문제를 해결해 달라고 매달리는 사람도 많습니다.

불교가 21세기까지 왔고 지금 우리나라에 들어온 지 1,700년의 역사가 되었지만 우리 불자들은 더 정신 못 차리고 어디로 갈까 고민하고 방황하고 힘들어 합니다. 하나도 이루어지는 건 없고 늘 괴로움만 남고 고통스럽기만 합니다. 사실 어떻게 보면 스스로 해결의 열쇠를 가지고 있습니다. 각자가 문을 열 수 있는 열쇠를 가지고 있으면서도 그걸 사용하려고 생각하지 않습니다. 밖으로 가서 물어보고 있습니다. 어디 가니 용한 도사가 있다더라 하면 우르르 몰려가고, 산속에 들어가니까 스님이 참 잘 보더라 하고 엉뚱한 길에 빠져들기도 합니다.

자기만큼 자신을 잘 볼 줄 아는 사람은 이 세상 그 어디에도 없습니다. 자기 자신도 자기를 모르는데 아는 척하니 스스로 거기에 속는 것입니다. 말장난에 놀아나는 것입니다.

인생살이 새옹지마라고 하는데 사람 사는 모양이 다 거기서 거기입니다. 살아온 것이 오십보 백보입니다. 있는 자리가 힘들고 고통스럽고 늘 어렵고 해결하고 나면 또 해결할 일이 생기는 게 인간사입니다.

인간사가 복잡하지만 거기에서 늘 스스로 있는 자리에서 해결할 수 있어야 합니다. 또 해결할 문제가 생길 때 부처님과 관세음보살 앞에 가서 기도해 보라는 것입니다. 정말로 관세음보살은 구고구난 (求苦求難) 관자재보살이라 고통과 괴로움이 산처럼 많아도 그걸 능히 해결해 주십니다.

관세음보살께 해결해 달라고 가져온 그 문제가 여러 사람에게도 이익 되고 나에게도 이익이 되는지 살펴봐야 합니다. 많은 사람들의 마음속에 있는 나만 잘 되게 해 달라는 도둑놈 심보부터 버려야 합니다. 들어 달라고 맡기는 것이 알고 보면 자신도 죽이는 일이고 나아가서는 사회도 더 어수선하게 만드는 일일 때는 절대 들어주지 않습니다.

미래를 보고 기도하고 정말 기도다운 기도를 하고 기복이 아닌 기도를 해야 합니다. 정리되고 준비 되어 있는 사람은 이것이 쉽게 됩니다. 반면 스스로 준비 되어 있지 않고 정리 되어 있지 않고 질서가 잡혀 있지 않으니까 실타래 엉키듯이 엉켜버립니다.

그래서 조그만 일만 생겨도 덜덜거리고 우왕좌왕 정신 못 차리고 설치는 것입니다. 그렇게 원망하고 자기 삶이 엉망인 줄 모르고 그냥 와서 성인들에게 욕보이는 짓을 하고 앉아 있는 경우가 많습니다. 자기 주위부터 먼저 정리 정돈하면 스스로 마음이 맑아져서 소구소망(所求所望)이 성취될 수 있습니다.

바깥이든 안이든 항상 정리 정돈이 된 삶을 살도록 노력해야 합니다. 남편은 남편대로 바깥 일로 질서가 잡히고 정리가 되어 있는 삶을 살고, 아내는 아내대로 직장 여성으로서 일을 하더라도 집안이나 직장에서 정리 정돈된 그런 삶이 되면, 어디를 가더라도 그 사람은 관세음보살의 가피 속에서 늘 긍정적인 사고로 살게 됩니다.

손끝에 걸고 일을 할 때는 힘들지만 마음에 착 붙이고 일을 하면 힘들지 않게 할 수 있습니다. 자식이 힘들어서 괴로움을 당하거나 어려움을 당했을 때 어떻게 하든지 구해야지 하는 엄마의 마음이 생깁니다. 그러니 매 순간 순간 마음으로 최선을 다해야 합니다. 겉으로만 하니까 힘도 안 나오는 것입니다.

살림살이가 발전된 삶을 살려면 안으로 정리가 되어 있고, 바깥대로 정리가 되어 있을 때 거기에서 무한한 힘이 나오고 부처님의 지혜가 나옵니다. 그런 다음에 복력이 나와서 하는 일이 잘 이루어집니다. 고통과 즐거움이 한 뿌리로 내 마음속에서 나오는 거라는 생각을 갖고 기도해야 합니다.

믿음이 없으면
한 발짝도 나아가지 못한다

불교는 깨달음의 종교라고 말합니다. 깨달음이라는 것은 어디서 오는 것일까요? 중생의 삶은 육도윤회하니 업력이 쌓입니다. 업력이 반드시 나쁜 것은 아닙니다. 그것은 원력이기도 합니다. 알고 보면 나쁜 버릇과 습관은 나라는 착각과 감촉하는 어떤 생각에서 비롯됩니다. 화내고 어리석은 것, 이런 모든 부정적인 요소를 깨어 부수어야 합니다.

깨달음이란 정확하게 말 그대로 '깨부수어 거기에 다다른다'는 의미가 있습니다. 그래서 깨달음이라는 것은 무명 무치(無明 無癡)입니다. 육도윤회하며 살았던 그 잘못되었던 업력과 습관, 버릇 등을 깨부수는 것입니다. 깨부수면 다름을 알게 됩니다. 본연 자성의 다

름을 아는 것이 바로 깨달음입니다.

한국 불교는 아직까지 이 깨는 것에 멈춰져 있습니다. 이걸 보고 조사선이라고 합니다. 조사선이 간화선입니다. 조사선에서 제일 으뜸으로 두는 게 화두선입니다. 말머리를 잡고 말을 깨부수는 것입니다. 멋있게 한방에 깨라고 말합니다. 여기에서 폐단이 생깁니다.

'깨달아라!'는 소리가 알고 보면 '수행하라'는 소리이고 그러면서 '깨치라'는 소리입니다. 깨치라는 것은 화두 공안을 깨는 것인데 결국 타파한다는 말입니다. 그 깨는 데 계속 머물러 있습니다. 육조 이후에 오늘날까지 우리나라는 조사선을 기본 뿌리로 하고 있습니다. 중국 선종에서 달마조사를 초조(初祖)로 시작해서 우리나라에까지 그렇게 내려오면서 깨는 것에만 머물러 있습니다.

수처작주(隨處作主), 자기가 주인공인 것을 알아야 되는데 깨는 데만 그냥 몰두해 있다 보니 그 깨는 것에 대한 어떤 꿈을 못 깨고 앉아 있습니다. 날이면 날마다 그런 소리만 듣고 앉아 있습니다. 화엄경을 들여다봐도 선지식 찾아다니면서 쭉 이야기 듣고 하는 게 주변머리 넓히고 소견머리 넓히는 것입니다. 스스로 미혹했고 어리석었고 잘못되었고 아니면 화를 냈고 이런 것을 없애고자 선지식을 찾아가면 그걸 깨부수는 소리를 하는 것입니다. 결국 깨부수는 데만 머물러져 있으니까 불교의 근간이 흔들려 버립니다.

우리가 놓치고 있는 중요한 사실은 믿음을 갖는 것입니다. 믿음은 어딜 가버리고 없습니다. 부처를 만나거든 부처를 때려죽이라고 합니다. 부처에 대한 개념도 없는 사람이 그 소리를 들으니까 그게 전부인 줄 아는 것입니다. 자기만 깨달으면 모든 것이 다 된다고 생각을 합니다. 착각을 하고 앉아 있는 것입니다.

그래서 부처님께서 처음에 화엄경을 설법하실 때 못 알아들으니까 아함으로 다시 돌아가서 조금 이야기하다가 다시 화엄으로 가서 계속 설하셨습니다. 그 다음에 또 아함으로 설하셨습니다. 방등이라는 것은 스스로 빛을 들고 있다는 말입니다. 그 빛을 보고 알라는 것입니다. 반야에서도 끝까지 깨부수는 소리를 하셨습니다. 반야라는 것은 결국 완전히 깨부수어 보림(保任)하라는 말입니다.

그렇게 깨부수고 나서는 무엇을 깨달아야 할까요? 깨달음이라고 하는 말에서 '달음'은 어디에 닿는다는 말입니다. 깨부수고 나면 본연 자성에 닿는 것이 아니라 화엄경에서부터 시작해서 금강경까지 쭉 와서 소견 주변머리 전부 다 넓혀 놓고 그 다음에 깨부수는 소리를 하는 것입니다.

무명을 싹 깨부수어 놓고 글자 그대로 그 속에 확연히 드러난 스스로의 모습을 보는데 그 모습 속에서 법화경을 설법하셨습니다. 정말 속고, 속는 게 그것입니다. 왜 끝에 가서 8년이라는 세월 동안 법화경을 설하셨는지 그것을 들여다봐야 합니다.

법화경은 믿음이 없으면 한 발짝도 들여놓을 수가 없습니다. 깨달았는데 어딜 가서 닿느냐 하면 법화경에 와서 닿는 것입니다. 깨달음이라는 게 무명의 어리석음을 깨고, 그 깬 자리에 닿는 곳이 바로 법화경입니다. 법화경에 와서 닿으면 그 다음에는 믿음을 가져야 합니다. 보림까지 다하고 나면 믿음이라는 것입니다.

그래서 부처님께서는 법화경을 설하면서 묘법연화경이라고 하셨습니다. 그 안에 천지 삼라만상 우주진리 조화가 다 들어있고 살 길과 죽을 길도 다 있습니다. 스스로 원력을 세워서 복력이 구족하게 해 줍니다. 또 스스로 오욕락을 즐기고 싶으면 즐길 만큼도 해준다고 한 것이 바로 법화경입니다.

이 믿음 속에 쑥 들어와서 정말 간절하게 기도하고 매달릴 때, 21세기에는 정말 법화경이 빛이 납니다. 법화경을 가지고 공부하고 수지해야 합니다. 그렇게 할 때 헷갈리고 흔들리고 불교 공부했다는 사람들부터 각성하고 자제할 수 있습니다. 스님들 역시 멋에만 빠져 있지 말고 깨는 데만 멈춰져 있지 않아야 합니다.

마지막에 부처님께서 8년간 법화경을 설하면서 열반경까지 연결이 되어 있습니다. 법화경 서품에서 중생들이 아직도 깨닫지 못하고 있다고 말씀하셨습니다. 5천 비구 비구니가 떠났다는 소리는 알지도 못하면서 아는 체하고 화엄 아함 방등 반야까지 데려 왔더니, 그만큼은 알고 이제 부처라는 소리를 하며 스스로 모든 걸 깨달아 일체종지를 이루었다고 이야기하는 것입니다. 결국은 부처님께서 잎과 필요 없는 줄기들은 다 떠나고 이제는 필요한 몸통 가지만 남아 있는 상태이니 내가 법화경을 설하겠다고 하셨습니다.

그래서 진실된 마음의 믿음이 필요합니다. 부처님을 믿고 의지하고 따라가는 그 마음과 찬탄하고 공경하고 예배하는 그 마음이 절실하게 필요합니다. 그렇게 해서 마음에 믿음이 확실하게 서버리면 그때부터 순간순간 다 이루어지게 되어 있습니다. 기도하고 열심히 노력하면 가피는 한순간에 옵니다. 깨달아서 뭐가 어떻고 수행해서 뭐가 어떻고 하는 그런 소리에 귀 기울이지 말아야 합니다. 강태공이 낚시 바늘에 고기가 걸리든 안 걸리든 세월을 낚고 앉아 있는 것과 같은 이치입니다.

한국 불교가 더욱 발전하려면 지금쯤 정신이 번쩍 차려지는 소리를 하는 사람이 있어야 합니다. 불교가 믿음을 등한시하는 가운데서 혼침만 가득합니다. 믿음이 없으면 더 헷갈리고 황망해 하고 어디로 갈까 고민하고 방황하게 되어 있습니다.

연애할 때 부모가 아무리 말려도 눈에 콩깍지가 덮히면 방법이 없습니다. 결국은 자식 이기는 부모 없다고 자식이 원하는 대로 결혼을 시킵니다. 대충 적당하게 대학교는 어디를 나왔고 지금 약사인지 의사인지 박사인지 고시를 패스 했는지 이런 것만 따지고 배경 보고 어정쩡하게 결혼하는 사람 치고 길게 가는 사람 드뭅니다.

한 군데 미쳐보지 않은 사람은 인생도 논하지 말라고 했습니다. 진짜 미쳐봐야 된다는 것입니다. 수행도 마찬가지입니다. 한국 불자들은 믿음으로 절절하게 기도하는 사람은 드물고 그저 참선이다 하면 좋아합니다.

수행해서 정말 미쳐본 불자는 별로 없습니다. 수행 한 번 해 본

것으로는 상만 지어 놓고 '법집(法執)'만 지어 놓았을 뿐입니다. 선방에 들어 앉아 있는 보살들도 마찬가지입니다. 그렇게 선방이다 어디다 다니면서 정말 수행에 미쳐 본 사람들은 수행으로 최상의 경지에 올라갈 수 있습니다. 그러나 자칫 잘못하면 그냥 상에 머물러 버립니다. 관념에 머물러 버리고 상에 머물러 버리고 스스로 경전을 보면 법집이 되어 버리는 것입니다. 법을 넘어선 법을 받아들여서 자기 스스로 그걸 행할 줄 아는 불자가 되어야 합니다. 거기를 넘어서지 못하고 전부 잡아 먹혀 버리고 앉아 있습니다.

이런 수행은 다 필요 없는 짓입니다. 또 화엄, 아함, 방등, 반야 공부를 열심히 했다고 자랑하곤 합니다. 그것 또한 다 버려야 될 것입니다. 부처님께서는 소견머리 주변머리 넓혀주려고 화엄, 아함, 방등, 반야를 말씀하셨습니다. 전부 자기의 소견을 깨부수는 가르침입니다. 그게 모두 중생의 업장을 깨부수는 말씀을 하신 것입니다.

그 다음에 법화경에서 "일체를 다 받아들여라! 이승도 없고 삼승도 없고 연각도 없다"고 말씀하셨습니다. 회삼귀일승(會三歸一僧)이라 하시며 이거 하나밖에 없다고 말씀하셨습니다. 그 다음에 남아 있는 아난존자부터 시작해서 수기를 주기 시작했습니다. "네가 부처니라!"고 말씀하셨습니다. 이것이 핵심입니다. 스스로 그 속에서 정말 엄청난 걸 보는 것입니다.

그래서 묘법연화경 69,384자를 가지고 들여다보면 전부 진불 아닌 것이 없다는 것입니다. 믿음이 제일이라는 소리입니다. 믿음으로 회삼귀일하고, 믿음으로서 온전히 똘똘 뭉쳐지면 못 이룰 일이 없다는 것입니다.

믿음이 바탕이 되어 기도는 끝없이 하는 것입니다. 기도하는 가운데서 가피는 한 순간 오게 되어 있습니다. 마음속에서 원하는 일이 있고 힘든 일이 있고 고통 받는 그것을 제일 먼저 가져와서 펼쳐보아야 합니다. 불자로서 급박하고 절박하고 어렵고 힘들었던 만큼 법화경을 수지하면서 진실로 기도해 보고 매달려 봐야 합니다.

네 가지 종류의 믿음

믿음에도 네 종류가 있습니다.

첫 번째는 사람이 죽인다고 해도 믿고, 산다고 해도 믿고, 무엇을 도와준다고 해도 믿고, 다 내버린다 해도 믿는 마음, 그런 믿음을 가진 사람이 있습니다. 오로지 믿음 밖에 없는 사람이 있습니다. 두 번째는 어려울 때마다 부처님 찾아가서 믿는 마음입니다. 세 번째는 믿거나 말거나 반신반의하면서 와서 믿는 사람이 있습니다. 네 번째는 안 믿어도 믿는 척하고 와서 앉아 있는 것입니다.

이런 네 종류의 믿음이 있는데 어떤 사람이 이루어질 수 있을까요? 과연 절에 다닌 세월만큼의 철저한 믿음이 지금 서 있는지 스스로 생각해 보아야 합니다. 자다가도 벌떡 일어나서 '부처님 감사합니다'는 소리가 나오는지 스스로 진단할 수 있을 것입니다. 진실로 감사하는 믿음을 가져 봤는지 스스로에게 물어봐야 합니다.

부처님의 성전에 그냥 자식으로 와버려야 합니다. 이게 깨달음이라는 것입니다. 깨달음의 정의를 바로 알고 기도를 하고 공부해 보아야 합니다. 스스로 깨부수어 와 닿는 것이 깨달음이 되는 것입니다. 세세생생 육도윤회하면서 쌓인 그 업력을 깨부수고 부처님에게 와서 닿아버리면 되는 것입니다. 그게 연결되어 버리면 부처님과 튼튼한 고리가 되는 것입니다.

그렇게 되면 그때부터는 행주좌와어묵동정이 다 부처 같은 짓만 하게 됩니다. 정 안 되면 스스로 흉내만이라도 내 보아야 합니다. 아이들이 어른 흉내 내듯이 흉내내기부터 시작하는 것도 한 가지 방법입니다.

자기도 모르게 믿음이 점점 증장되고 익어가서 결국 스스로의 삶이 부처 같은 삶이 되고 보살 같은 삶이 되면 자기가 원하는 것, 이루려고 하는 모든 것들이 이루어집니다. 법화경 화성유품에는 "너희들이 필요하고 너희들이 좋아하고 너희들이 원하는 것은 내가 저기 변화된 것으로 다 해놓았으니까 너희들은 마음껏 가서 쉬어라!"고 말씀하셨습니다. 이게 부처님 법입니다.

그렇게 와 닿아 보려고 생각조차 안하고 꿈엔들 그렇게 믿으려고도 안 합니다. 이게 불교가 발전하고 전망성이 있게 하는데 걸림돌이 됩니다. 스스로 믿고 따르고 의지하고 칭송하고 찬탄하고 공경하고 공양한다면 그 속에 이미 다 와 닿아 있는 것입니다. 그것을 불성, 또는 본래 부처라고 하는 것입니다.

법화경 여래수량품의 '자아득불래(自我得佛來) 소경제겁수(所經諸劫數)'라는 말이 거기서 나온 것입니다. 결국은 자기를 넓혀 놓고 자기의 무명업장을 싹 녹여 놓고, 녹인 그것에 스스로 와 닿게 하여 8년 동안 설하셨던 그 법화경에 머물러 버리면 되는 것입니다. 21세기를 사는 우리가 지금 다시 법화경을 들고 횃불이 되어 광선유포 해야 될 이유가 바로 여기에 있습니다. 믿음이 없으니까 안 되는 것입니다. 스스로 법화행자라면 믿음을 가지고 다시 시작해야 됩니다. 주위에 있는 사람에게도 법화경을 널리 권선해야 하는 것입니다. 스스로가 아직 모르니까 그렇게 안 하는 것입니다.

그래서 먼저 사경을 시작하면 좋습니다. 글자도 모르던 초등학생이 계속해서 듣고 보고 쓰고 하더니 국어책도 읽고 수학도 하게 되는 것과 같은 이치입니다. 그렇게 문리가 터지는 것입니다. 사경을 하면 그렇게 문리가 터지게 되어 있습니다. 특히 딴 경전을 사경하는 것보다 법화경 사경을 하다보면 전체적으로 우주 삼라만상이 진불 아닌 것이 없다는 사실을 깨닫게 됩니다. 결국 '나도 역시 부처였구나!'고 확연하게 그냥 드러나 버리는 것입니다.

그럼 그때부터는 자기가 생각하는 것, 가고 오고 앉고 꿈꾸어 왔던 모든 것들이 그 속에서 자연히 이루어집니다. 언제쯤 어떻게 되겠고, 언제쯤 어떻게 가고, 언제쯤 몸이 아프고 언제쯤 우리 집안에 무슨 일이 있을 것인지 감지가 됩니다. 이것을 막으려고 스스로 기도하게 됩니다. 정말 진기하고도 묘한 법을 만나고도 법인 줄 모르니까 이상한 현상에 자꾸 눈이 갑니다.

미얀마에 간 적이 있습니다. 스님의 등신불이 모셔져 있었습니다. 본당은 위에 있고 옆에 어각이라고 해서 등신불 모셔진 전각이 따로 있었습니다. 부처님 모신 법당에는 들어가는 사람이 없고 어각에는 계속 들어갔습니다. 사람들이 왜 저리 많이 들어가나 하고 쫓아 들어가 보니까 등신불이 모셔져 있는데 담배를 딱 가지고 있었습니다. 좌우지간 담배만 물려주면 그냥 소원이 다 이루어진다고 했습니다. 그 등신불이 된 스님이 평생 수지 독송했던 게 묘법연화경이었습니다.

지금 허울에 속고 모양에 속고 가지가지에 속아서 어떤 것이 진실인지 헷갈리는 시대가 되었습니다. 진짜도 진짜로 못 믿고 가짜도 진짜로 여기고 이렇게 살아가는 세상이 되어 있습니다. 깨끗한 물에는 조그마한 고기밖에 놀지 못합니다. 일급수에 사는 물고기는 물이 달라서 사는 물고기도 다른 것입니다.

어디로 갈까 고민하고 방황하는 일은 이제 그만하고 법화행자가 되어, 진실로 믿고 따르고 의지할 줄 알아야 됩니다. 진실로 와서 절박하게 법화경을 펴고 공부해 보아야 합니다. 정말 힘들어 어디로 갈까 고민이 된다면 법화경을 펴놓고 한나절이라도 공부해 보면 답을 얻을 수 있습니다. 아니면 하루 낮밤이라도 그냥 그 속에서 부처님과 함께 절박한 마음으로 기도에 임해 보라는 것입니다.

그러면 거기에서 부처님의 진불이 일어날 것입니다. 내 마음속에 무명 업장은 녹아집니다. 거기에서 진짜 다다른 것이 법화경에 와서 닿고, 부처님과 관세음보살께 다다라서 소원하는 일이 하루아침에 이루어지게 되어 있습니다. 자기가 소원하는 바가 안 이루어졌다는 사람들은 다시 한 번 마음에 경각심을 가지고 철저하게 믿음을 내어볼 필요가 있습니다. 그러면 이 세상에 못 이룰 것이 없습니다.

일체 중생을 성불에까지 이르게 하는 게 부처님의 원력이고 신력입니다. 부처님은 팔만 사천 가지가지 방편으로 말씀을 하셨습니다. 하지만 우리들의 소원은 열 가지도 안 됩니다. 소원 이루는 것은 가지가지 방편속에 다 있습니다. 그럼 충분히 이루어지는 것입니다. 스스로 믿음이 약했고 기도가 약했고, 스스로 반신반의 했고 어떻게 보면 세 번째 네 번째 사람처럼 그렇게 살았기 때문에 가피가 적은 것입니다. 진짜 가피를 입으려면 진실로 쑥 들어와서 부처님의 아들딸로서 완전히 들어와서 살아버리면 됩니다. 그 가운데서 이루고자하는 모든 것이 다 부처님의 법식으로 이루어지게 됩니다.

제대로 믿고 따르고 의지해 보고 찬탄하고 공경하고 어떤 경전이든 펴서 그런 생각을 가지고 공부해야 합니다. 그런 생각으로 기도를 회향하고 나면 법화행자가 되어서 한두 가지의 소원은 다 이루어질 것입니다.

믿음은 불교의 꽃이다

불자들이 결집해서 한창 꽃피울 때는 한국 불교 이조 오백년 동안 경전이 많이 있어도 법화경이 굉장히 융성했습니다. 가슴 가슴마다에도 부처님의 가르침이 알알이 다 있고, 가슴으로 받아들여서 불교가 쉼 없이 오늘날까지 내려왔습니다. 도중에 우리가 믿음 보다는 선이다, 위빠사나다 여러 가지를 하면서 뿌리 없는 나무가 되도록 흔들림이 너무 많아져 버렸습니다. 믿음이 꽃이 되지 않는 불교는 죽은 불교입니다.

마음속에 진실로 믿음을 가지고 가슴이 그냥 달아올랐을 때 벅찬 환희심에 저절로 눈물도 나는 것입니다. 증득하는 길을 선에다 기준을 두니까 그냥 앉아서 '이뭣고' 한다고 야단들입니다. 그것이 오히려 불자들에게 갈 길을 몰라 헤매고 방황하게 만들기도 합니다.

법화경은 특히 '법화칠유'라 해서 비유를 일곱 군데나 해 놓았습니다. 법화칠유(法華七喩)는 법화경에 나오는 일곱 가지 비유입니다. 화택유(火宅喩, 비유품), 궁자유(窮子喩, 신해품), 약초유(藥草喩, 약초유품), 화성유(化城喩, 화성유품), 의주유(衣珠喩, 수기품), 계주유(髻珠喩, 안락행품), 의자유(醫子喩, 수량품)의 일곱 가지입니다.

딴 것은 부처님이 직접 비유를 하셔서 설법을 하셨는데 오백제자 수기품에 와서는 제자들이 부처님에게 수기를 받고 너무나 기쁘고 감사한 나머지 자기네들이 비유를 해서 부처님께 말씀하신 부분이 있습니다.

화엄 아함 방등 반야까지 와서 부처님이 열반하시기 전 8년 정도 설하신 것이 법화경입니다. 법화경에 와서는 머리로 생각을 하는 것이 아닙니다. 스스로 마음에서 해야 합니다. 부딪혀서 이해될 때까지 신념을 가지고 믿음을 가지고 하면 거기서 뭔가 일어나는 게 있습니다. 모든 죄업과 악업이 다 소멸 되고 스스로 거기에서 진여 자성을 딱 들여다볼 수 있는 그 길이 분명히 보입니다. 그것이 법화경입니다. 그래서 믿고 따르고 의지하면 되는 것입니다.

오백제자 수기품에도 부처님께서 말씀하신 핵심은 몇 억겁 뒤에 성불할 것이라고 했습니다. 몇 억겁 뒤에 성불을 하는데 어떻게 성불을 하느냐 하면 그동안에 성불하는 기간은 6만 2천억 부처님을 공양하고 그 이후에 성불하리라고 수기를 주었습니다. 일겁이 요즘 산수로 계산을 해보면 4억 2천 300만년 정도가 됩니다. 그런데 6만 2천억 겁이라는 것을 과연 상상할 수 있을까요? 일겁이라는 것을 가지고 이야기 할 때도 4억 2천 300만년이라는 세월을 이야기 하는데 6만 2천억 부처님을 다 공양하고 그 이후에 성불한다고 하니 상상하기 어렵습니다.

지금 세계 인구가 70억 정도라고 보면 전 지구의 사람을 다 모아서 공양을 한다고 해도 70억 밖에 안 됩니다. 6만 2천억 부처님을 공양한 이후에 성불하리라는 수기를 주셨습니다. 오백 제자들은 전부가 뛸 듯이 기뻐하고 거기에서 아주 보배로운 것에 대해서 비유를 하면서 수기를 받았다는 것에 기쁨을 가졌습니다.

스스로도 이 세상을 살아가면서 생각해 보면 자신은 과연 누구를 인정하고, 인정 받고 살았는지 돌아볼 필요가 있습니다. 가까이는 남편에게서 아내에게서 인정받는 사람이 되어 있는지 생각해 보아야 합니다. 또 내 자식에게 인정받는 부모가 되어 있는지, 자식은 또한 부모에게 인정받는 자식이 되어 있는지 가지가지 생각을 해 보아야 합니다.

멀리 가서 부처님께 수기 받기 전에 주위에서부터 스스로가 인정받는 사람이 되어야 합니다. 그렇게 한다면 부처님께 수기 받는 건 따 놓은 당상입니다. 허망한 짓을 스스로 하니까 중생입니다. 허망한 짓을 딱 놓아 버리면 그 길로 부처입니다. 스스로 허망한 짓을 찾아서 끝까지 허망한 짓으로 가다보니까 부처하고 그냥 천리만리로 멀어져 버리는 것입니다. 그래서 오백제자 수기품에 6만 2천억 수많은 부처님을 공양하고 예배하고 그 다음에 부처된다고 해도 오백제자들은 환희심을 가지고 즐거워서 노래를 부르고 부처님께 감사의 기도를 드렸습니다.

스스로가 생각해보면 내 살림살이에서 할 수 있는 게 별로 없습니다. 민주주의라는 이름 아래 요즘은 어른이 애들을 뭐라고 해도 인권부터 먼저 따지는 세상이 되었습니다. 잘못하는 것을 보고 잘못한다고 말해줘도 안 됩니다. 내 자식 아니면 남은 꾸중하기 어렵습니다. 이렇게 도덕과 윤리가 사라져 버리니까 막행막식하는 사람들이 많이 나옵니다. 아무리 종교를 가지고 부처님 전으로 끌고 들어와도 배워온 과정이 그렇게 되어 버리니까 거기서부터 힘들어지는 것입니다. 효경 상승이라고, 부모에게 잘하는 사람이 나라에도 충성합니다. 어른들에게도 공경할 줄 압니다. 그 자체가 무시 되니까 도덕과 윤리가 없어지고 맙니다. 아무리 이야기해도 오탁악세 속을 헤매는 세상만 되어 버립니다.

이것을 어떻게 보고 궁극적으로 바로 잡아야 할까요? 불교적인 생각으로 보고 부처님 가르침 가운데서도 법화경을 가지고 이야기해 볼 수 있습니다. 지극한 믿음이 해답이 될 수 있습니다. 마음속에 언젠가 부처가 될 수 있다는 믿음으로 문제를 풀 수 있습니다.

업장이라는 것 역시도 마음먹기에 달려 있습니다. 아는 만큼 믿는 것입니다. 본인 스스로 아는 만큼 믿습니다. 그렇지만 안다는 소리 하지 말고 진실한 불자가 되어야 합니다.

재가불자들은 수많은 법문을 너무나 많이 듣습니다. 머릿속의 생각으로만 이해하고 실천은 전혀 없으니까 아상만 높아집니다. 아는 것은 많은데 그에 따른 수행이 없으니까 상만 있는 것입니다. 그걸 보고 법집이라고 합니다. 들은 건 많고 공부는 많이 했는데 행동은 안 하니까 문제가 생기는 것입니다. 관세음보살만큼 정말 자비 희사한 보살이 다섯 명만 되어도 법회에는 비집고 앉을 틈이 없을 정도로 불자들이 많이 왕림할 것입니다. 정말 하심하고 초발심을 그대로 가지고 변치 않는 마음으로 절에 가는 보살들이 과연 몇 명이나 될까요? 믿음이 없는 불교가 되어서는 안 됩니다.

부처님 믿고 의지하고 따르고 찬탄하고 공경하는 그 마음을 지극하게 했을 때 마음에 진불이 보이는 것입니다. 대충 설렁설렁하면 중생의 업력만 자꾸자꾸 더 쌓이게 됩니다. 부처님의 가르침을 가슴 가슴마다 새겨서 꽃피워 보겠다고 원력을 세우는 것도 중요합니다. 위빠사나, 간화선, 육조선을 이어서 수행에 힘쓰는 자체는 칭송해야 될 부분입니다. 하지만 여기에 믿음이 없다면 절대 이룰 수 없습니다.

꽃이 피면 열흘 가기가 어렵다고 했습니다. 그런데 국화인 무궁화를 보면, 질 때 됐네 싶으면 또 피고 일 년 내내 피어 있습니다. 그러니 우리의 삶과 똑같습니다. 질곡스럽게 살아왔지만 그 근본은 놓치지 않고 근본 자성을 찾아야지 고민하고 갈등하는 그 가운데서 발전이 있습니다. 마음속에 스스로 어디로 가야 될지 고민하고 방황하고 적어도 부처님 가르침대로 가보겠다는 생각을 가져야 합니다.

무엇보다도 부처님이 수기 주시는 그것을 현 생활에서 내 생활 속에서 인정받는 삶이 되고 또 인정하는 삶이 되어야 합니다. 그 다음에 부처님의 가르침대로 법화경의 가르침대로 예경하고 찬탄하고 공경하고 서사차경(書寫此經)하면서 지극하게 부처님을 위하고 있는지 점검해야 합니다. 아무것도 모르고 불교의 초심자로서 입문하더라도 법화경을 지극히 믿고 따르고 의지하면 단생에 성불까지 한다고 말씀하셨습니다. 일생성불이 가능한 것입니다. 그만큼 십겁도 내가 겁이 아니라고 생각하면 겁이 아닌 것입니다.

그래서 바로 믿고 들어가서 탁마하고 의지만 딱 해버리면 거기에서 내 마음속에 늘 불성의 종자가 살아납니다. 내 속에서 자꾸 증장이 되기 시작하면 그 길로부터 부처님의 완전한 자손으로서 거듭나게 됩니다. 중생의 업력은 보지 말고, 오로지 부처님의 습관과 버릇을 들여서 내 버릇으로 만드는 것입니다. 그렇게 따라 들어왔을 때 그 속에서 스스로가 느낄 수 있는 무엇인가가 분명히 있습니다. 스스로 믿고 따르고 의지하고 철저하게 수행하는 게 가장 중요합니다.

'자아득불래(自我得佛來) 소경제겁수(所經諸劫數)'라 했습니다. 모두 불성의 부처를 그대로 가지고 있다고 법화경의 여래수량품에 나와 있습니다. 단지 모를 뿐입니다. 그래서 일찍이 집 나간 자식을 애타게 찾는 부모의 마음으로 군자에 비유해서 부처님은 말씀하셨 습니다. 또 오백제자 수기품에는 "6만 2천억 부처님을 다 공양하고 칭송하고 찬탄하고 난 뒤에 너희들이 성불할 것이다"고 말씀하셨습 니다. 그래도 그것을 부처님의 자식으로서 오백 아라한들은 다 받 아들였습니다. 받아들여서 그걸 가지고 증장해 나가는 것이 바로 이 오백제자들이 수기를 받고 기뻐하고 너무나 찬탄하고 공경하고 공양하는 그 공양 게송이있습니다. 친구에 비교해서 이야기 해놓은 게 있습니다.

"애달프다 이 친구야, 어찌 의식을 위하여 이 지경이 되었는가? 내가 예전에 그대로 하여금 안락을 얻고 오욕락을 마음대로 누리게 하고자 하며 모년 모일에 값을 따질 수 없는 보배 구슬을 그대의 옷 속에 매어 놓았는데 지금도 아직 그대로 있거늘 그대는 알지 못 하고 고행하고 근심하고 살기를 고하나니 심히 어리석구나!

그대 이제 이 보배로 필요한 것을 바꾼다면 언제나 뜻과 같이 되 어 모자람이 없으리라!

부처님께서도 이와 같아서 보살로 계실 때에 저희들을 교화하사 일체지 구하는 뜻 일으키게 하셨거늘 이를 잊어버리고 알지도 못하며 깨닫지도 못하고 이미 알아 도를 얻은 것으로 멸도한 것이라 스스로 생각하며 살기가 어려우며 죽음보다도 만족케 여겼으나 일체지를 얻고자 하는 서원은 오히려 남아 있어 잃지 않았나이다.

이제 세존께서 저희들을 깨닫게 하시려고 이렇게 말씀하시되 모든 비구여, 그대들이 얻는 것은 결코 구경에 멸도가 아니거늘 내가 오랜 옛적부터 그대들로 하여금 부처님 선근을 심도록 하여 방편으로 열반에 모습을 보였거늘 그대들은 진실로 멸도를 얻었다고 여기니라 하시니 세존이시여, 저희가 이제야 참으로 보살로서 아뇩다라삼먁삼보리에 수기 받았음을 알았나이다.

이러한 인연으로 매우 환희하여 미증유를 얻었나이다."

결론은 다 안다고 생각하는 게 안 것이 없다는 소리가 되는 것입니다. 이걸 보면 지금부터라도 더욱 더 불자로서 거듭나야 합니다. 부처님께 이렇게 수기를 받을 정도가 되려면, 먼저 부처님 품속으로 들어가서 부처님 자식으로 거듭 태어나고 그 가운데서 스스로 수많은 사람과 공유하면서 자리이타한 삶을 살아야 합니다. 그러면 결국 스스로 역시 부처라는 것입니다.

부처님과 꽃피우고 열매를 맺었지만 그 열매와 종자는 같은 하나라고 보면 됩니다. 부처님의 원력과 자비심에 복력과 지혜가 함께 응집이 되어서 걸음을 걸어도 잠을 자도 불단에 가서 부처님께 지극히 예배를 하는 이 순간에도 본연 자성의 부처는 영원히 빛나는 것입니다.

그래서 멸도(滅道)라는 것이 없는 것입니다. 근본에 생로병사(生老病死)가 있고 성주괴공(成住壞空)이 있다 하더라도 본연 자성은 늘 소소영영(昭昭靈靈)하고 그 자리에 그대로 비추고 있는 것입니다.

이렇게 부처님께서도 제대로 된 믿음이 우선이라고 말씀하셨습니다. 그러니까 지극히 믿고 의지하고 칭송하고 찬탄하고 공경해서 앞으로 그와 같은 부처의 행을 하면 바로 스스로가 부처의 삶으로 살아가는 것입니다. 그러면 주위 모든 것이 평화롭고 복은 저절로 굴러 들어오게 되어 있습니다.

이래서 삶은 윤택해지고 구경에는 성불에 이르는 길이 바로 오백제자 수기품이라고 볼 수 있습니다. 스스로가 법화경을 열심히 하면 그와 같이 몰랐던 문리가 터져서 누구나 지혜와 복덕이 증장되는 삶을 살 수가 있다는 것입니다.

사랑한다는 것은
진정한 믿음을 가진다는 것

세상살이가 원하는 대로 되고 싶은 대로 다 되면 좋겠지만 그런 세상은 그 어디에도 없습니다. 내 마음대로 되는 세상 같으면 그것 또한 살맛이 나지 않습니다.

불교적으로 우리가 사랑을 논할 때는 믿음을 완전히 가진 사랑이 진짜 사랑입니다. 힘들고 고통스럽고 너무 사랑할 때 기도해야 합니다. 통하는 사랑이 되어야 하는데 직설적인 사랑은 바보 사랑이 되어서 상대를 공격합니다. 직접적인 사랑을 하면 상대는 나를 보고 공격하고 미워하고 시기하고 질투하고 괴로워하게 되어 있습니다.

마음속에 있는 진짜배기 사랑이 간절할 때는 옆 사람에게 들킬까봐서 감추어놓고 혼자서 즐깁니다. 마음속에 진짜 사랑이 일어날 때는 그 마음속에 있는 동경심이 내 스스로 사랑에 취해가지고 남이 알까 두려워하고 스스로만 혼자만 즐거워합니다. 스스로가 진실한 사랑이라는 것 자체가 알고 보면 사랑을 하기 위해서 내 남편을 괴롭히고 내 자식을 괴롭히고 부모를 괴롭히고 주위 사람을 다 괴롭힙니다.

진짜 사랑하고 마음으로 깊이 있게 사랑하는 사람들은 은근한 사랑을 합니다. 표시나지 않는 사랑을 합니다. 옆에 와서 나를 지켜주는 사랑을 합니다. 생색내기 좋아하고 받기 좋아하고 받지 못하는 거기에서 괴로워하고 힘들어하는 것은 진정한 사랑이 아닙니다.

열심히 사랑하려고 한다면 상대들은 나를 공격해 오게 되어 있습니다. 그래도 그걸 넘어서 기도할 수 있는 사랑이 진짜배기 사랑입니다. 진짜 사랑을 하기 원한다면 부처님 전에 가서 부처님과 코드를 맞추고 눈만 맞추면 됩니다. 우리는 이 세상을 살면서 중생의 업력으로 쉼 없이 육도윤회를 했습니다. 부처님께서 난행고행을 6년 동안 하시고 보리수 아래에서 성도했던 그 모습이 내 모습이 되도록 공부하고 기도하고 거기에서 코드를 맞춰서 원력과 법력을 달라고 기도하는 게 바로 사랑의 씨앗을 심는 것입니다.

진실한 사랑을 해야 합니다. 믿고 따르고 의지하면서 그걸 넘어서야 완전한 사랑이 되는 것입니다. 사랑한다, 사랑한다 말로 해서 사랑이 되는 게 하나도 없습니다. 마음속에 진실한 내 사람을 만나기 위해서는 상대가 나를 비방하더라도 그 사람을 사랑할 수 있는 힘과 용기와 기도가 필요합니다. 원망하는 마음보다는 나를 공격하더라도 그 사람을 위해서 기도해 줄 수 있는 그런 것이 마음을 내어야 합니다. 그것이 진짜 사랑입니다.

관세음보살의 가르침이 바로 그런 것입니다. 염피관음력으로 관세음보살을 열심히 찾는 그 힘으로 기도가 이루어집니다. 스스로 관세음보살을 의지하고 관세음보살을 믿은 만큼 내 모든 것을 믿고 맡겨버려야 합니다. 슬픈 것도 좋은 것도 괴로운 것도 심지어 억울한 것도 포기했던 것조차도 다 맡겨놓고 거기에서 진실한 기도를 하는 것입니다. 그렇게 하면 그 속에서 울컥울컥 솟아올라오는 힘이 있습니다.

부처님 앞에 기도하고 열심히 노력하는 그 가운데서 참회의 눈물이 뚝뚝 떨어질 때 영혼의 때가 벗겨집니다. 요즈음은 기도를 제대로 하는 사람이 많이 없습니다. 진실한 마음을 갖고 믿는 자가 없고 행하는 자가 자꾸만 줄어듭니다. 진짜 사랑한다는 것은 진정한 믿음을 가진다는 것입니다. 세상살이가 예나 지금이나 똑 같습니다. 하나도 다를 바가 없습니다.

진정한 사랑은 모든 것을 수용하고 끌어안을 수 있는 사랑입니다. 사랑은 마음으로 하고 그 사람을 위해서 기도하고 사회를 위해서 기도하고 나라를 위해서 기도할 수 있는 그 마음이 진정한 사랑입니다.

스스로 고민하고 결정을 못해서 방황할 때 부처님 앞에서 지극하게 기도해 보아야 합니다. 희망이 있고 꿈이 있고 어디까지 가야된다는 꿈이 있으면 그 꿈을 가지고 와서 부처님 앞에 죽으라고 기도해 보아야 합니다. 이게 내 길이라고 분명히 생각했으면 그 길로 가야 합니다. 그 길로 가는 힘과 용기와 노력이 있어야 합니다. 거기에서 부처님의 가피가 더해져서 그 가운데서 꽃이 피고 열매가 맺어야 합니다. 그러면 스스로 성공한 사람이 되고 많은 사람에게 더 인정받고 더 많은 사람에게 회향해 줄 것이 있을 것입니다.

아무 생각 없이 멍하게 사니까 멍청이란 소리를 듣는 것입니다. 마음속에 있는 내면의 갈구하고 염원하는 이루고자하는 꿈이 있다면 스스로 부처님 앞에 가서 기도해야 합니다. 죽으라고 기도하면서 부처님과 눈 맞추고 코드를 맞춰서 스스로 그걸 이겨내야 합니다. 그러면 근본 자성이 부처라는 것에 소통이 되어 버립니다. 근본 자성이 부처라는 것과 외경하는 부처님과의 소통이 딱 이루어져버리면 못 이룰 것이 없습니다.

기도도 하지 않고 그냥 모여 앉아서 대중 불공하는 염불이나 한번 하고 기도했다고 위안 삼지 말아야 합니다. 부처님 전에서 코드도 한번 못 맞추고 부처님과 눈도 못 맞추고 스스로를 한번 드러내 보지도 못하고, 오늘도 사시불공 했고 초하루날 절에 가서 기도했다고 위안 삼지 않아야 합니다.

진실한 신심이 통하고 사랑이 뚝뚝 넘친다는 것은 받아들이고 인정하고 이해한다는 말입니다. 그 속에서 부처님 앞에 가서 기도하고 부처님과 맞춰서 더 큰 사랑으로 승화할 수 있는 게 바로 기도입니다. 마음이 오욕락에 놀아나고 육도 중생하던 그 업력이 없어져야 거기에서 큰 원력이 생기고 부처님과 같은 깨끗함이 보이고 세상 지견이 드러납니다.

연꽃이 부처님의 깨달음을 상징한다면 연꽃이 핀 연못의 썩은 물은 중생살이입니다. 그 연못의 물이 오탁악세일지라도 그 속에서 부처님은 피어납니다. 마음속에 스스로가 부처님을 믿고 의지해서 그 속에서 부처님을 꽃피우겠다는 생각을 가지고 기도할 때 그 연꽃이 피어나고 그 마음이 일어납니다. 달리 찾기 때문에 영원히 썩은 물을 면하지 못하는 것입니다. 마음이 중요하고 기도가 중요하고 이루고자 염원하는 게 중요합니다. 부처님과 코드를 맞추기 위해 지극하게 발원해서 이루어낼 때 성공하는 것입니다.

그렇게 중생의 이루고자 하는 것을 백우거(白牛車)라는 큰 수레로 표현하며 자식의 용기와 힘을 북돋아 주는 것입니다. 그게 바로 부처님 마음입니다. 기도라는 것이 그렇게 이루어져야 되는 것입니다. 어리광처럼 와서 이야기하고 부딪치고 부처님 앞에 가서 그냥 아무 생각 없이 하더라도 부처님은 그렇게 받아들여줍니다. 그 자식을 그렇게 버리지 않고 오히려 찾는 자에게는 백우거라는 큰 수레에 원하는 것을 내가 다 들어준다고 말씀하셨습니다. 결코 허망하지 않습니다. 부처님을 믿고 따르고 의지해서 허망할 일이 없습니다. 진실로 믿고 따르고 의지하면 이루고자 하는 좋은 일을 할 수 있습니다. 부처님을 믿고 의지해서 하고 싶은 것 원하는 대로 마음껏 이루어놓고 마음껏 회향해 주면 되는 것입니다. 물질의 보시는 그와 같은 것입니다.

가진 것이 없을 때는 어떻게 해야 할까요? 스스로 물질은 따라주지 않아서 내놓지는 못하더라도 마음이라도 잘 되게 기도해야 합니다. 이것을 수희공덕(隨喜功德)이라고 말합니다. 마음으로 그 사람 잘 되는 걸 좋아해 주는 것, 진실로 좋아해 주는 게 부처님의 마음입니다. 스스로가 그와 같이 하다가 어느 정도 부처님과 코드가 맞고 열심히 기도 성취가 오기 시작하면 성공하는 사람이 될 수 있습니다.

시골에서 부모 밑에서 살 때가 좋다고 생각하는 사람은 지금 잘 안 되고 있다는 말입니다. 잘 되는 사람은 고향생각을 안 합니다. 안 되니까 고향 생각도 나고, 안 되니까 클 때 생각도 나고, 부모 밑에서 살던 그 생각이 나는 것입니다. 자꾸 지나왔던 과거사 생각이 나고 과거사 이야기가 자꾸 나오는 것은 지금 참 힘들어 하고 있구나, 안 되고 있구나, 괴로워하고 있구나 하고 생각해야 됩니다.

발전하는 사람은 뒤돌아보지 않습니다. 매순간 열심히 노력하고 삽니다. 나날이 즐겁게 삽니다. 그러면서 이루려고 합니다. 나날이 즐겁다는 것은 살판나는 세상이며, 내 뜻대로 다 돌아간다는 말입니다. 뜻대로 돌아갈 때도 기도할 줄 알아야 합니다. 아무것도 없을 때는 그냥 길가다가도 나를 아는 척 해주는 사람이 있으면 즐겁고 좋습니다. 아무것도 가지지 않았기 때문에 적이 없습니다. 그런데 재산을 좀 가진 사람은 그것을 빼앗길까봐 안절부절하다가 병이 나고 우울증이 생깁니다. 자다가도 벌떡 일어나고 밤새도록 CCTV 들여다보고 앉아 있습니다. 반면에 진짜 부자인 사람은 문도 안 잠급니다.

내 것이라는 그 욕심과 애착 때문에 결국 내 마음에까지 병이 와 버립니다. 아무도 믿지 못하고 아무도 의지하지 못하고 아무도 그냥 인정하지 못하고 그렇게 살아가는 것입니다. 알고 보면 멀리서 정신병자가 생기는 게 아니고 내 가정에서부터 자꾸 정신병자가 생기게끔 살아갑니다. 90% 이상이 정신병의 근원지가 가정입니다. 어릴 때 구타당하고 정말로 고통 받고 어렵게 가정에서 폭행이란 것을 당했던 아이들이 자살률이 제일 높다고 합니다.

가정에서 모든 게 일어납니다. 내 가정을 지키지 못하고 스스로 가장이 되어서 이루어 나가지 못하고 스스로 그걸 알지 못하니까 가정이 오합지졸이 됩니다. 가정이 부서지니까 어디를 가도 세상 전체가 그냥 각박하고 야박하게 느껴집니다. 어디 가서 말 한마디 붙일 곳도 없는 세상이 되는 것입니다. 가정이 따뜻하고 가족애가 넘치고 사랑이 넘치려면 스스로 비운 자리에 희생심이 있어야 합니다. 가정에 울도 담도 되어 줘야 하는데, 요즘은 가정을 지키기 위해서 애쓰는 사람이 적은 것 같습니다.

기도가 없기 때문에 그런 것입니다. 믿음이 없기 때문에 그런 것입니다. 부처님을 믿고 의지하면서 이런 것부터 없애줘야 합니다. 스스로 자기의 인생을 살더라도 모든 것을 수용하고 껴안아 줘야 합니다. 사랑으로 베풀면서 내 가슴에 멍 지고 힘든 것은 부처님 앞에 가서 해야 되겠다는 그런 간곡한 기도를 하면 부처님께서는 분명히 사랑을 주십니다.

사랑을 받으면 마음속에도 그와 같은 사랑이 녹아 들어갑니다. 결국은 자자손손이 기도하고 부처님을 찾고 살던 집안 사람들을 보면 자손의 대가 끊어지지 않습니다.

그와 같은 믿음을 가지고 철저하게 믿고 의지하면서 스스로 노력한다면 그게 부처님을 바로 따르는 일입니다. 그렇게 부처님을 의지하는 그 마음속에서 내면의 부처가 증장됩니다. 진실로 기도하면서 울어본 사람에게 인생을 논하라는 것입니다.

불자라면 부처님을 의지하는 자식이 되어야 합니다. 육신을 낳아준 것은 조상대대로 내려왔고 아버지 어머니가 있어서 태어났지만 근본 자성의 나라는 존재는 부처님의 자손입니다. 그게 영혼이라는 것입니다. 영혼이라는 것, 마음자리가 부처님의 자손이라는 것은 죽지도 않는 영원한 것입니다. 자식이 완전하게 알아듣고 완전하게 모양새를 갖추고 완전하게 클 때까지 부처님은 늘 지켜주기를 기다립니다.

그래서 제대로 기도하는 삶이 되고 정말 부처님을 의지하는 삶이 되고 마음속에서 믿음이 증장될 때 그 속에 제대로 된 내 가정사

중생사도 온전하게 이루어져 나갈 수 있습니다. 그래서 구경에는 일생성불에까지 이를 수 있습니다. 그런 모습을 갖추는 게 바로 기도입니다.

역족구음리(逆族駒陰裏)

하인귀거래(何人歸去來)

한창일수각(閑窓一睡覺)

가산만봉후(可散萬封候)

빠른 세월 속에 나그네 되어

누군들 돌아가지 않을 이가 여기에 어디 있느냐?

조용한 창가, 한가로운 잠을 깨니

만호를 거느리는 왕후가 부럽지 않다.

해(解)

가르침을 이해하라

내 안의 부처 찾기

'생래자연생(生來自然生) 사즉자연사(死卽自然死) 노즉자연노(老卽自然老)'라는 말이 있습니다. 내가 이 세상에 와서 키가 그만큼 큰 것도 자연히 큰 거고, 알고 보면 살아가는 것도 자연히 사는 거고, 늙는 것도 자연히 늙는 거고, 죽는 것도 자연히 그렇게 죽는다는 말입니다. 거기에는 어떤 개입이 있을 수가 없다는 것입니다.

그런데 스스로가 거기에 어떤 큰 이상이나 변화가 올 것이라고 생각하는 것입니다. 그런 생각에 기대게 되면 자칫 기복이나 얄팍한 믿음이 되어서, 그 기대가 안 이루어지게 되면 어느 순간 돌아서게 됩니다. '에이! 기도해도 안 되더라, 절에 가도 안 되더라, 관세음보살 만나도 안 되더라. 치워 버려라! 이제부터는 절에 가지 마라!' 이렇게 되는 것입니다.

  이렇게 열심히 노력하고 기도하고 부처님 앞에서 관세음보살 앞에서 일심으로 기도했지만 그 기도가 이루어지지 않았다는 것은 안될 만한 이유가 있기 때문입니다. 스스로 받아들이는 기도를 해야합니다. 자식을 위해서 기도를 했는데 그 자식이 잘 이루어지지 않았다 하더라도, 그 다음에 가서 또 더 밝은 미래가 있어서 우리에게힘을 주는 것입니다.

  큰 나무일수록 굉장히 많은 세월을 보내야 하는 것입니다. 일년초 풀은 봄에 씨앗을 뿌려서 가을에 열매 맺고 한해살이로 죽어버립니다. 적어도 몇 백 년이 넘게 살아가는 나무를 보면 어떤 바람이와도 쓰러지지 않을 정도로 그만큼 뿌리를 깊이 내리고 있습니다.그런 다음에 그 위에서 열매를 맺는 것입니다. 시간이 걸려야 큰 나무가 됩니다.

  그러면 과연 지금 기도하는 것이 힘든 기도인지, 어려운 기도인지, 정말 가벼운 기도인지 그걸 스스로 생각할 수 있어야 합니다.그것을 부처님 앞에 내려놓고 기도할 줄 아는 불자가 되면 마음에서 우러나는 대로 기도가 됩니다. 안 들어줘도 감사하고 들어주니더 감사하고 안 들어 줄 때는 안 들어줄 만한 이유가 있어서 안 들어준 것입니다. 지금의 시련이 길면 길수록 내일의 어떤 밝음은 더밝아질 것이라고 생각하고 희망의 끈을 놓지 않고 살아가야 합니다.

일심정례 한다는 것은 내 마음에 부처님과 하나가 되는 것을 말합니다. 관세음보살과 하나가 되는 것입니다. 이것을 화두에서는 참구(參究)한다고 말합니다. 참구하는 바 없이 참구하라는 것입니다. 대승적인 불교는 '자타일시 성불도(自他一時 成佛道)'입니다. 너와 내가 함께 성불하자는 것입니다.

그러면 삶 속에 불교가 있고 진리가 있습니다. 믿음 속에 부처님이 계시고 부처님을 지극히 믿었을 때, 그 가운데서 가슴의 문이 열립니다. 부처님과 하나가 되면 그 순간 진실한 믿음이 생깁니다. 환희심이 나고 즐겁습니다. '부처님을 의지해서 이렇게 행복하구나!' 이런 생각이 들었을 때 이 믿음이 하나가 되는 것입니다.

대승적인 차원을 가려면 기도하고 살아야 됩니다. 스스로가 부처님이 나의 아버지인 줄 알고 대성자모인 관세음보살이 나의 어머니인 줄 알아야 합니다. 부처님은 이미 성불을 이루셨고 자기는 그 자식으로 사니까 그 자식이 들어와서 믿음으로 산다면 자신도 자연히 부처가 되는 것입니다. 이것이 대승불교입니다.

법화경 여래수량품에서 "수억 겁 생 너희들이 생각하기 전 이미 나는 부처였다. 일대사인연으로 이것을 가르치기 위해서 인류에 나타난 것이 부처이다"고 말씀하셨습니다. 마음속에 있는 그것을, 믿음으로 일심을 가지고 들어와 버리면 그 믿음 속에서 부처님의 지혜와 복덕이 내 것이 되고 다시 또 희망과 살 길이 생기는 것입니다. 갑갑하게 눈 감고 앉아 있는 봉사도 아니면서 쓸데없는 혹 붙여

놓고는 '혹이 왜 안 떨어지나?' 이렇게 생각을 하고 앉아 있는 게 바로 미혹중생입니다.

진짜 기도란 무엇일까요?

내 마음속으로 진실하고 간절하게 부처님이나 관세음보살께 의지해서 기도해 본 적이 있는지 스스로 자문해 봐야 합니다. 어디를 가나 주인공으로 사는 참 모습은 늘 깨어있는 모습이기도 합니다.

남의 시종 노릇 하지 않고 살려면 기도를 해야 합니다. 진실로 마음속에 억눌리고 짓눌리고 핍박받고 어렵고 힘든 것을 해결하기 위해 부처님과 관세음보살 앞에 가서 조용히 발원할 줄 아는 게 진실된 기도입니다. 그렇게 홀연히 모든것을 내려놓고 관세음보살의 밝은 빛으로 된 기운, 지혜 구족하고 복덕이 충만한 기운을 얻어, '오늘은 희망과 용기를', '내일은 밝은 미래를' 안고 절문을 나갈 수 있어야 합니다.

아무리 어려운 것이 있더라도 부딪쳐서 해결할 수 있는 힘이 생겨서 관세음보살이 분명히 지켜주신다는 믿음을 가지고 기도를 해야 합니다. 기도는 응답이 있어야 되는 것입니다. 응답 없는 기도를 하니까 메아리 없는 소리만 자꾸 하고 앉아 있는 것입니다. 메아리가 들려야 합니다.

'공곡지전성 무원부종(空谷之傳聲 無願不從)'이라는 말이 있습니다. 큰 소리를 하면 큰 메아리가 들려오고 작은 소리를 하면 작은 메아리만 들려온다는 말입니다. 진실로 기도해야 합니다. 진실이 없기 때문에 항상 수박 겉핥기로 기도하고 가는 것입니다. 그래서 자기가 다니는 절이면서도 거기에 대한 애착이 없습니다. 왜냐하면 진실하게 믿지 않았기 때문입니다. 남들이 가니까 나도 가고, 남들 절하니까 나도 절하고, 남들 사시불공 하니까 나도 따라 하고 그냥 그렇게 하는 것입니다.

잠을 자나 일을 하나 세속에서 열심히 살다가도 마음속에는 늘 관세음보살이 주인공으로 딱 자리 잡고 있어야 합니다. 법회 날이 되면 관세음보살과 정확하게 눈을 맞추려고 해야 합니다. 관세음보살에게는 미간 백호가 있는데 다이아몬드가 박혀 있습니다. 그냥 쳐다보고 관세음보살, 관세음보살 할 때는 관명 염불이 됩니다. 거기에서 지극함이 더해지면 관세음보살의 미간 백호에서 광명이 나와 가슴으로 들어오게 됩니다.

집에 가서도 실제로 관세음보살이 보이진 않지만 관세음보살, 관세음보살 하면서 마음속에 그 관세음보살을 늘 그리게 됩니다. 그러면 관세음보살의 그 광명이 마음에 비쳐서 흐리고 어둡고 칙칙했던 것은 거두어지고 밝아집니다. 생기 넘치고 행복해지는 그 과정만 마음속에 있으니 마음이 설레는 것입니다. 답답하게만 계속 앉아서 뭘 하는 것이 아니라 정말 기도는 그렇게 해야 되는 것입니다.

기도를 할 때, 부처님 앞에서 칭명염불을 하거나 관상염불을 할 때는 눈을 뜨고 부처님을 응시하면서 기도하지만, 발원을 할 때는 눈을 뜨고 있으면 잘 떠오르지 않습니다. 잘못했던 것도 떠오르지 않습니다. 잘못한 것이 있으면 무조건 부처님 앞에 가서 참회할 줄 알아야 되는데 눈을 딱 뜨고 있으면 참회가 잘 안 됩니다. 그래서 기도할 때는 합장하고 눈을 지그시 감고 이렇게 참회하면 좋습니다.

대자대비하신 관세음보살!

중생의 근기로 수 억겁을 살아와도 미혹 중생이라 어둠에 가리고 우매 몽매하게 살다보니 오늘도 내 가정에 성찰된 바가 없어서 항상 정리 못한 삶을 살아 왔습니다. 힘들고 어려울 때마다 부처님을 찾아서 기도하고 관세음보살에 의지했지만 참된 내 모습을 가져와서 의지한 것이 아니라 늘 남이 하니까 나도 그렇게 함께 기도에 동참만 했습니다.

관세음보살의 가피 속에서 항상 지혜와 복덕이 구족한 삶을 살기 위한 내 삶을 정리하지 못한 것을 참회합니다. 어렵고 힘든 부분은 스스로 이겨나갈 수 있는 힘과 부처님의 무한한 지혜를 저에게 주셔서 모든 것이 이루어지고 원만하게 해 주십시오.

중생의 삶이란 항상 고난의 연속이기 때문에 부처님이나 관세음보살이 이 사바현장에 오신 것을 알고 있습니다. 내가 어렵고 힘들고 고통 속에 있을 때 늘 관세음보살은 내 옆에 계시는 것을 저는 잊고만 살았습니다. 이 또한 참회하고 늘 밝은 지혜 속에서 내일이라는 희망을 보고 살 수 있는 대자대비한 복력을 저에게 주십시오.

많은 것을 달라고만 했지 관세음보살 앞에 가서 칭송하고 찬탄하고 공경하는 일은 적었습니다. 이것 역시 참회하고 늘 날마다 새롭게 태어나는 무한히 큰 복력을 저에게 주셔서 관세음보살의 자식으로 부처님의 자식으로 우리가 이렇게 인연된 것을 소중히 생각하고 늘 부처님 앞에 가서 회향하는 삶을 살도록 노력하겠습니다.

어제까지는 힘들고 어려웠지만 부처님을 알고 관세음보살님께 의지해서 나의 괴로움이나 고통은 소멸이 되고, 관세음보살님을 의지한 내 마음속에서 모든 것은 지혜와 복력으로 다시 저에게 응집되어 오고 있습니다. 어렵고 힘들 때는 늘 관세음보살님이 저와 함께 해주시고 고통과 괴로움이 있을 때마다 관세음보살의 그 희망과 지혜 속에서 무한 복력을 이루도록 하여 주십시오. 오늘도 정리되지 못한 삶을 살고 있는 것을 진실로 관세음보살님 앞에 참회합니다.

나무 대자대비 관세음보살 나무 구고구난 관세음보살

나무 칭명 관세음보살 마하살 마하반야바라밀

이렇게 눈을 감고 기도하다 보면 마음이 편안해집니다. 그렇게 늘 기도하고 생각하고, 또 내 마음속에 행주좌와어묵동정 어디를 가든 항상 관세음보살과 함께 할 수 있는 게 참 불자의 모습입니다. 그렇게 마음으로 대할 때 관세음보살도 역시 나와 같은 생각으로 나를 대합니다. 관세음보살이 내 마음속에 들어와서는 나에게 환희심을 주고 기쁨을 주고 희망을 주고 지혜를 주고 무한한 복력을 주십니다. 내 안의 관세음보살과 바깥에서 외경하는 관세음보살과 하나가 되었을 때 진실한 기도는 이루어집니다.

그렇지 않고 백날 수박 겉핥기로 다니면 주인공이 되어 살 수가 없다는 것을 알아야합니다. 내 마음이 안착되고 담을 수 있는 것은 기도밖에 없다는 생각을 가져야 합니다. 늘 법회에 함께 해서 마음속에 있는 참 부처를 찾고 마음속에 진실로 자리잡고 빛으로 와 계시는 관세음보살과 하나가 되었을 때 믿음 있는 불자로 거듭날 수 있습니다.

부처님의 가르침은
회삼귀일(會三歸一)

우리는 사람들을 만나면 '안녕하십니까?' 혹은 '편안하십니까?'라는 인사를 합니다. 우리네 인생살이가 좋은 것 보다는 나쁜 게 많고 이루어지는 것 보다는 안 이루어지는 게 많다 보니 살아가는 게 늘 괴롭기 때문에 이런 인사말이 생겨난 것 같습니다.

부처님께서도 인생을 고(苦)라고 설파하셨습니다. 어떻게 하면 괴로운 인생을 행복으로 바꿀 수 있을까요? 해결 방법은 매우 간단합니다. 불안하고 초조하고 괴로워하고 힘든 이 모든 것을 부처님께 다 맡겨서 부처님의 법을 따르고 부처님의 가르침 대로 사는 것입니다. 그러면 행복으로 다가가는 길이 열립니다.

부처님의 가르침 중에서도 법화경을 따라서 오롯이 의지하는 것입니다. 괴로움도 다 맡기고 힘듦도 다 맡기고 즐거움조차도 맡겨버리면 나 없는 삶을 살아갈 수 있으니 저절로 행복해집니다. 나라고 고집하고 내가 있다고 생각하니까 인생이 괴로워지는 것입니다.

부처님께서는 "이 세상에 변하지 않는 것은 없다"고 말씀하셨습니다. 그래서 인생은 무상(無常)한 것입니다. 우리는 내 몸이 언제나 이대로 건강할 거라고 생각하고 살아갑니다. 감기 하나도 내 마음대로 제어 못하는 인생인데, 남의 인생까지 간섭해 가면서 살아갑니다.

부처님께서 열반에 드실 때 "이 세상에 조건 지어진 것은 모두 변하느니, 시간을 아껴 공부하라"고 당부하셨습니다. 우리가 부처님을 믿고 따르고 의지하는 것은 알고 보면 걱정과 괴로움을 손에서 놓고 복덕과 지혜가 한없이 많은 부처님의 은덕을 좀 얻어 쓰자는 것입니다.

아무리 잘났다고 해도 아는 것은 조금이고, 눈만 감으면 천지가 깜깜한 무명 중생입니다. 눈을 뜨고 있어도 한 시간 뒤에 어떻게 될지 모릅니다. 힘이 있을 때는 사람이 많이 모이는 것 같지만 돌아갈 때는 자기 혼자입니다. 빈손으로 왔다가 빈손으로 가는 공수래 공수거(空手來 空手去)인 게 인생이라지만 삶은 그렇게 만만하지 않습니다.

부처님께서는 인천세계(人天世界)의 중생들을 제도하고자 이 땅에 오셨습니다. 인천세계는 괴로움도 있고 번뇌 망상도 있고 즐거움도 있고 오욕락도 있습니다. 욕심을 줄이고 너무 집착하는 것도 좀 떼어내면 어느 세계보다도 공부하기가 제일 좋은 곳이 인천의 세계입니다. 부처님께서 2,500년 전 우리와 같은 모습으로 사바세계 인도 땅에 오셔서 성도하는 모습까지 다 보여 주시며 인간이면 누구나 이렇게 할 수 있다고 가르치셨습니다.

부처님께서는 깨달음의 세계를 화엄경으로 설하셨습니다. 처음에 아둔하고 근기가 약해서 중생들이 무슨 이야기를 해도 알아듣지 못하니까 알아듣게 하기 위해서 방등경을 설하시고 반야경을 설하셨습니다. 나중에 법화경을 설하실 때까지 중생들의 소견머리를 넓혀 주셨습니다. 팔정도와 고집멸도 사성제를 설하시고 인과법을 설하시고, 공(空)과 중도를 가르치며 지견(知見)을 조금씩 세우고 각자의 그릇을 넓혀서 받아들이게 해놓고는 말씀하십니다.

"무명 무치(無明 無癡)니라."

어둠을 걷어내고 지혜로움을 밝히고자 했던 것이 부처님의 가르침입니다. 소견머리가 넓어졌다는 것은 업력이 많이 닦여졌다는 말입니다. 길을 가면서도 설하시고 앉아서도 설하시고 시간 나는 대로 행주좌와어묵동정(行住坐臥語黙動靜)으로 화엄경을 설하시고 아함경을 설하시고 방등경을 설하시고 반야경을 설할 동안에 중생들의 업력이 줄어들고 원력이 생긴 것입니다. 중생들마다 그렇게 원력 생긴 그 자리에 법(法) 자리를 열어서 법화경을 설하셨습니다.

"이제까지 각자의 소견에 맞게 이승이다, 삼승이다, 혹은 보살승이다. 성문연각이라고 가르친 것은 그때마다 그 근기에 맞춰서 팔만 사천 방편으로 설한 것이나, 온통 회삼승귀일승(會三乘歸一乘) 이 것밖에 없느니라."

지금까지는 각자의 근기에 맞게 팔만사천 가지의 방편을 써서 말씀을 하셨으나, 법화경에 와서는 그것을 회통하는 말씀을 하셨습니다.

부처님께서 출현하기 전에는 도(道)가 정말 무식하였습니다. 그것을 여실히 드러내는 앙굴리마라의 이야기가 있습니다.

앙굴리마라는 도에 깊이 들기 위해서 스승의 말을 열심히 따라서 잘 실천했습니다. 그런데 그 스승의 아내가 매우 남자답게 생기고 시원시원하게 생기고 너무 멋있는 앙굴리마라에게 흑심을 품게 되었습니다. 남편이 집을 나간 사이에 살짝 꼬드긴 것입니다. 그러나 앙굴리마라는 그 유혹에 넘어가지 않았습니다. 그러자 자존심이 상하여 질투심이 화산처럼 일어났습니다.

스승의 아내는 남편이 돌아오자 거짓말을 하였습니다.

"당신이 외출하고 없을 때 저 앙굴리마라가 나를 유혹을 했어요."

그러자 화가 난 스승은 제자가 괘씸해서 앙굴리마라에게 그 대가를 치르도록 해주고 싶어졌습니다.

스승이 앙굴리마라에게 이르기를, "너에게 지금까지 가르치지 않은 것이 한 가지 있다"고 말했습니다.

도에 목이 마른 앙굴리마라가 스승에게 매달렸습니다.

"스승님, 그럼 어떻게 하면 됩니까? 그 한 가지를 저에게 마저 가르쳐 주십시오."

"내가 살아생전에 가르쳐주고 싶지 않았지만 오늘 내가 너에게 말하리라. 네가 백 사람의 목을 쳐서 귀를 전부 잘라서 그걸 가지고 목걸이를 하면 너의 도가 다 터지느니라."

스승에 대한 믿음밖에 없었던 앙굴리마라는 한 사람씩 죽여 그 귀를 잘라서 목걸이를 만들기 시작했습니다. 아흔아홉 명을 죽이고 나니 사람을 만날 수가 없었습니다. 사람들이 겁이 나서 앙굴리마라를 보면 다 도망을 가버렸습니다. 그래서 '아쉽지만 내 어머니라도 죽여서 내가 완전히 도를 다 통하면 어머니도 기뻐하시지 않겠는가?' 하고 생각하며 어머니를 찾아갔습니다.

부처님께서 그걸 아시고는 앙굴리마라 앞에 나타났습니다.

'안 그래도 어머니를 죽이려고 하니까 좀 꺼림직했는데, 네가 깨달았다더니 너를 베어서 나는 도를 이루리라!' 이런데 속으로 생각하고 부처님을 따라갔습니다.

그런데 앙굴리마라는 죽자고 달려가는데 부처님은 그냥 천천히 걸어가도 부처님과 앙굴리마라 사이의 그 거리가 줄어들지 않았습니다. 아무리 뛰어도 거리가 줄어들지 않자 앙굴리마라가 물었습니다.

"당신은 걸어가고 나는 열심히 쫓는데 왜 거리가 좁혀지지 않느냐?"

"너는 아흔아홉 명을 죽이고 달려도 왜 나를 못 따라 오느냐? 나는 한 사람도 죽인 바가 없고 오히려 많은 사람들에게 지혜와 복덕을 널리 알리기 위해서 힘을 쏟는데 너는 어찌 그렇게 미련한 짓을 하려고 하느냐?"

부처님의 말씀에 앙굴리마라가 마음을 돌렸습니다.

"그럼 어떻게 하면 됩니까?"

"너는 나의 제자가 되어라."

부처님께서는 앙굴리마라까지도 제자로 받아들였습니다. 열심히 공부한 앙굴리마라는 사성제와 연기법, 인과법을 전부 깨우치고 부처님과 똑같이 일곱 집을 드나들면서 걸식을 했습니다. 일곱 집을 가다보니까 어느 순간 자기가 죽인 아흔아홉 명 중 한 집을 들르게 되었습니다.

앙굴리마라를 본 집주인은 동네 사람들을 다 불러내어 돌을 던져서 앙굴리마라를 때려 죽였습니다. 앙굴리마라는 돌팔매에 맞아 죽은 것입니다. 옛날부터 오역죄를 지으면 돌팔매로 맞아 죽는다고 했습니다. 그렇게 돌팔매질로 맞아 죽어가는 앙굴리마라를 보고 부처님께서 물었습니다.

"앙굴리마라야, 지금 너의 마음은 어떠하냐?"

앙굴리마라는 죽어가면서 이렇게 말했습니다.

"마음이 너무나 편안합니다."

이 말은 결국 깨달음을 얻었다는 소리입니다.

우리가 살아가는 데는 여러 가지 방편이 필요합니다. 그러나 방편으로 자꾸 끌려가다 보면 근본을 잊어버릴 때가 많습니다. 마치 갓난 아기를 업고 길을 가는데 난리통에 갓난아기는 잃어버리고 포대기만 움켜잡고 가는 것과 똑 같습니다. 부처님께서는 모든 방편이 있지만 결국은 일승으로 귀경된다고 말씀하셨습니다. 늘 깨어 있어서 근본 자리를 볼 수 있는 불자가 되어야 합니다.

나도 좋고 너도 좋고
동수정업(同修淨業)이라네

개업을 한다든지 안택을 한다든지 하면서 돼지 머리를 올려놓고 잘 되게 해달라고 고사를 지내는 경우가 있습니다. 부처님께서는 살생하지 말라고 했는데 환갑이나 진갑 같이 좋은 날에 소 잡고 돼지 잡아 잔치를 벌입니다. 즐거워야 할 날에 자신이 즐겁기 위해서 소를 죽이는 것은 나쁜 업을 짓게 됩니다. 좋은 날일수록 살생하는 것은 피해야 합니다.

부처님의 가르침에는 그런 게 없습니다. 돼지 머리 올려놓고 고사 지내는 것은 어쨌든 돈 많이 벌게 해 달라고 매달리는 기복행위입니다. 그렇게 안 해도 돈 많이 벌 수 있습니다. 스스로 지혜가 구족하고 복력이 구족한 부처님 전에 가서 "부처님 오늘 이렇게 해서 저희 집에 안택을 하려고 합니다. 부처님께서 증명해 주십시오" 하면 됩니다. 그것이면 충분합니다. 부처님의 아들로서 부처님의 딸로서 살면 내 고민과 근심과 걱정, 괴로움을 온통 부처님께 맡기고 내려놓을 줄 알아야 합니다. 그래야 신심이 생겨납니다.

신심이 안 생기는 것은 기복에 의지하기 때문입니다. 더 심한 경우는 기도하면서 믿음을 가지고 부처님께 흥정을 하는 것입니다. '요것만 이루도록 해주면 믿을 게요, 이 시험만 꼭 되도록 해주면 부처님한테 뭐든지 해드릴 게요' 하고 거래를 하는 것입니다. 눈치만 보지 말고 완전하게 두 발 다 들여놓고 '나는 오늘부터 부처님의 아들로, 관세음보살의 딸로 내 모든 걸 믿고 맡기고 의지해서 나는 그속에서 그냥 용돈 타듯이 타 쓰고 살겠다'는 마음가짐이 필요합니다.

일체종지를 이루신 부처님께서는 더 잘 알고 계십니다. 기도를 해도 이루어지지 않으면 '아직도 내 원력이 거기까지 못 닿아서 이 업력을 더 녹여야 되겠구나' 생각하고 스스로 더 하심하고 기도해야 합니다.

그러면 복력이 구족하고 지혜가 한량없는 부처님께서는 품안에 들어왔는데 그냥 내버려 두지는 않을 것입니다. 믿고 의지하고 쑥 들어와서 참회할 것이 있으면 참회하고, 발원할 것이 있으면 발원하면서 기도해야 합니다.

관세음보살과 눈을 맞추는데 왜 맞추는지 알아야 합니다. 절에 갈 때도 그냥 가지 말고 지극함을 가지고, 일주일에 한 번씩이라도 부처님의 지견을 닮으려고 발원해야 합니다. 부처님의 행주좌와어 묵동정을 자신의 버릇으로 만들려고 노력해야 합니다. 그렇게 한다면 소견과 생각은 넓어질 대로 넓어지고, 이루려고 하는 것도 길이 보이게 될 것입니다.

부처님께 그렇게 코드를 맞춰보는 연습이 필요합니다. 마치 TV를 볼 때 보고 싶은 방송에 채널을 맞추듯이 정확하게 맞추려고 애를 써 보아야 합니다. 부처님과 정확하게 채널을 맞추는 일, 그게 바로 기도입니다. 부처님의 품에서 그렇게 기도하면 원하는 것을 다 이룰 수 있습니다. 서로가 코드를 못 맞추기 때문에 아직도 부처님은 부처님이고, 스스로는 한심한 중생으로 남아 있는 것입니다.

그러면 어떻게 하면 부처님을 제대로 믿을 수 있을까요? 지극한 마음으로 부처님을 섬겨야 합니다. 그런 다음에 의지하고, 찬탄하고, 공경하고, 부처님 전에 공양 올려야 합니다. 그렇게 하면 삼생의 업력이 줄어든다고 했습니다. 부처님께서는 당연히 공양 받으실 응공(應供)입니다. 부처님께 공양을 올리면 그 복력이 무한합니다. 한 사람만 공양을 올리지 말고 여러 불자들이 함께 돌아가면서 올리는 것이 더욱 효과적입니다.

이렇게 해서 너도 복을 짓고 나도 복을 짓고, 너도 좋아지고 나도 좋아지면 자리이타(自利利他)가 저절로 이루어집니다. 모두가 편안하게 잘 살아야 좋은 세상인 것입니다. 나만 부자가 되면 이 세상은 결코 좋은 세상이 될 수 없습니다. 도둑들이 그만큼 많아서 괴로워 집니다.

뉴스에서 브라질의 한인 사업가가 아침에 운동 나갔다가 누군가에게 끌려가서 손은 묶이고 목에 칼을 맞아 죽었다는 소식을 접한 적이 있습니다. 물론 살인을 한 그 범인이 나쁘지만 한편으로 왜 그런가 가만히 생각해 보면, 누군가를 죽이고서라도 빼앗아서 자기가 가지려고 하는 중생의 마음이 누구든지 다 있기 때문에 그런 일이 벌어진 것입니다.

순자라는 성인은 '인간의 근본 종자는 악하다'는 성악설을 주장했습니다. 마음속으로 미운 사람 있으면 들키지 않았을 뿐이지 몇 번이라도 상상으로 죽이곤 합니다. 인간은 누구나 죄를 짓고 살아갑니다. 죄의 본성 자리는 없지만 죄의 실체는 엄연히 존재합니다.

성스러운 부처님 앞에 가서 부처님을 보고 눈을 맞추면서 기도하면서 참회해야 합니다. 절에 가서 부처님을 붙들고 잘못을 철저하게 뉘우치고 스스로가 반성하고 기도해야 합니다. 그 다음에 이루려고 하는 그 과정까지 부처님께 모든 걸 믿고 맡기고 의지해야 합니다. 부처님을 그대로 의지하면서 기도를 계속 이어나가야 합니다. 절문을 나서는 순간 싹 잊어버리면 도로아미타불이 되는 것입니다.

괴로울 때나 즐거울 때나 늘 오고, 가고, 자고, 눕고, 앉고, 서고 하는 행주좌와어묵동정 간에 내 마음속에 여실히 부처님이 늘 살아 있어야 진정한 불자가 되는 것입니다. '더 고통스러울 수도 있는

데 참 부처님을 믿고 사니까 고통이 이만큼 밖에 안 되는구나' 하고 감사한 마음을 가져야 합니다.

절에 갈 때는 더 일찍 일어나서 가족들에게 포근하게 말하고 깨울 때는 정말 애정 있는 말로서 깨워주고 다독거리면서 따뜻한 아침밥을 해 먹일 줄 아는 그 마음이 관세음보살의 마음이고 불자의 마음입니다. 낙숫물이 바윗돌을 뚫듯이 계속해서 그렇게 노력하는 그 마음으로 한 우물을 파며 꾸준하게 믿음으로 기도해야 합니다. 구슬이 서 말이라도 꿰어야 보배인데 우리들은 자꾸 기도하다가 중간에 멈춰서 여기 기웃 저기 기웃, 여기 가면 될까 저기 가면 될까 이렇게 마음이 돌아다닙니다.

목이 마르면 우물을 파야 합니다. 처음에 우물을 파기 시작할 때 뽀얀 먼지가 나오면 '아직 물이 나올 때가 멀었다'고 생각하고 파고, 그 다음에 축축한 흙이 나오면 '아! 물이 나올 때가 됐구나' 생각하면서 계속 파야 합니다. 그 흙을 다 건져내고 나면 그 속에는 정말로 마실 수 있는 물이 쏟아집니다. 이렇게 꾸준함이 있어야 마른 목을 축일 물을 얻게 되는 것입니다.

무진의보살이 관세음보살을 칭송하면서 '저런 관세음보살이 어디 계시냐?' 하면서 자기가 가지고 있던 금은 영락 진주 보배를 풀어서 관세음보살에게 바쳤습니다. 그러니까 관세음보살은 처음에는 받지 않으려고 사양을 합니다. 그런데 부처님께서 "모든 중생들이 관세음보살이 세운 원력을 숭배하고 칭송하기 때문에 드리는 거니까 관세음보살이여, 받아라"고 말씀하시니까 결국은 관세음보살이 그 보배를 받아서 일부는 석가모니 부처님께 드리고, 일부는 다보불탑에 봉안했습니다.

그것이 바로 법화경의 내용을 상징적으로 나타내보이고 있습니다. 법화경의 반을 석가모니 부처님께 드리고 반은 다보불탑에 봉안한 것입니다. 결과적으로 관세음보살은 아무것도 받은 바가 없지만 중생의 공경하고 찬탄하는 아름다운 마음만 받아서 사바현장에서 고통과 괴로움을 받고 힘들어 하는 모든 중생들을 다 이고득락하기 전에는 결코 성불하지 않으리라는 원을 세웠습니다.

내 자식 버리는 부처님 없고 내 자식 버리는 관세음보살 없으니, '나는 지극히 관세음보살께 돌아가 의지합니다' 하고 지극하게 기도하고 지극하게 따르려고 애쓰면, 이루고자하는 건 다 이룰 수 있게 됩니다. 법화경을 수행하는 법화행자로서는 일생에 성불하는 것까지도 책임지고 해주겠다는 게 부처님의 법화경 설법입니다.

세월은 나를 기다려 주지 않고 빨리도 지나갑니다. 스스로가 부처님 전을 찾아 여실히 기도하고 부처님 자식으로 스스로가 거듭난다면 이 세상에서 일생 성불할 수 있는 불성의 종자를 확실하게 심게 됩니다. 절에 가서 기도해야지 하는 그 마음으로 꾸준하고 지극하게 하다보면 가정은 저절로 거기에 맞춰져 풀려갑니다. 부처님께 가서 불자로서 선근을 심는 원인이 있기 때문에 결코 나쁜 일이 일어나지 않습니다.

법화경에 나오는 말씀을 믿고 의지하고 기도하면서, 회향을 잘 하면 근심 걱정도 봄눈 녹듯 없어지고 편안한 마음이 자리를 잡게 됩니다. 내 마음이 편안하면 가족들이 편안하고 하는 일들이 긍정적인 쪽으로 돌아갑니다.

스스로 지은 기도의 공덕을 다른 사람들에게 회향하니 그 공덕을 받는 사람들이 좋고, 그걸 보는 자신의 마음이 다시 행복해지니 그게 바로 자리이타입니다. 나도 좋고 너도 좋으니 공생입니다. 더불어서 발전하니까 상생입니다. 구경에는 왕생하는 것입니다. 극락 갈 때도 같이 가니 동수정업(同修淨業) 하는 사이입니다. 이런 생각을 가지고 꾸준하게 기도하면 이 세상은 불국토가 될 것입니다.

관세음보살을 심인(心印)하라

누구나 해마다 계획을 세웁니다. 내년에는 지금보다 더 나아졌으면 좋겠고, 부부간에도 화합해서 살았으면 좋겠고, 자식이 시험에 꼭 붙었으면 좋겠고, 병고 액난이 사라졌으면 좋겠다는 등 여러 가지 바람이 다 있습니다. 지금의 살림살이보다 나아진 윤택한 삶을 살고 싶은 게 중생이 갈구하는 삶입니다.

갈구함을 얻고자 한다면 그것을 가져와서 내려놓고 관세음보살 앞에 지극하게 일심 칭명해야 합니다. 정말 관세음보살과 응답이 되고 관세음보살과 마주치는 순간에 심인(心印)이 되었는지 살펴봐야 합니다. 마음에 관세음보살의 도장을 꾹 찍어 받아버리면 그게 가피가 되는 것입니다.

관세음보살을 찾아서 의지하고 싶어하는 불자 중에 과연 관세음보살이 마음에 찍어주는 그 도장을 정말 받아봤는지 궁금합니다. 힘들고 어렵고 부부 사이가 안 좋으면, 안 좋은 남편 마음에다가 관세음보살의 도장을 꾹 눌러 찍어야 합니다. 자식에게도 그 도장을 찍어야 합니다. 더 나아가서는 자기가 하고 있는 일에도 선명한 도장을 찍어야 합니다.

관세음보살의 도장을 확실하게 찍었다면 그때부터 일사천리로 일이 풀려나갈 수 있습니다. 어제까지 자기 마음대로 윽박지르던 남편이 갑자기 순한 양이 되어서 옆에 와서 착 달라붙게 됩니다. 이게 도장을 찍는 의미입니다. 부처님의 도장, 관세음보살의 도장은 이런 위력이 있습니다.

불자들은 자신이 믿는 관세음보살과 마음의 도장을 찍고 살아야 합니다. 혼인신고 할 때 도장을 찍는 것과 같이 관세음보살이 마음에 찍어주는 이 도장만큼은 영원불멸합니다. 이 세상이 끝나도 도장 받아놓은 게 있어서 저 세상으로 갈 때도 반야용선 배를 타고 갈 수 있습니다. 관세음보살이 직접 영접을 나와서 서방정토 극락세계로 바로 인도해 줍니다.

그렇게 하지 않기 때문에 지옥도중 수고중생입니다. 지옥 속에서 헤매고 고통 받고 있습니다. 생각해 보면 지금 살림살이도 지옥보다 나을 게 하나도 없습니다. 마음은 하루에도 몇 번이나 뒤집어집니다. 이게 바로 지옥입니다. 지옥이 따로 있는 게 아닙니다.

우리의 삶은 끊임없이 행복을 찾아 헤매고 있습니다. 알고 보면 행복의 파랑새가 멀리 있는 것이 아니라 자신의 마음속에 있는 것입니다. 마음속에 있는 그것을 관세음보살과 눈을 맞춰서 관세음보살에게 심인을 받아 마음에 도장을 꾹 찍어 받아버리면 그때부터는 융통성이 생겨납니다.

속이 좁아서 남의 말을 소화시키지 못하고 가슴 속에 담아두면, 결국은 자신도 괴롭고 남도 괴롭습니다. 남도 죽이고 자신도 죽이는 일입니다. 나이 들어서 무엇을 먹고 나면 꺽꺽 트림하는 사람은 소화를 못하기 때문입니다. 말을 해도 소화가 안 되는 경우가 많습니다. 주위 사람에게서 조금만 귀에 거슬리는 소리를 들었다 하면 속을 끓이고 소화가 안 되는 경우가 있습니다.

음식물이 소화가 안 되어 위 내시경을 해보면 위벽이 다 헐었다거나 염증이 생겼다고 말합니다. 여기에서 근본 원인은 내 속을 못 비웠기 때문입니다. 속을 비울 수 있는 최상의 방법이 바로 부처님이나 관세음보살의 심인을 찍는 것입니다. 마음의 도장을 찍어 받아서 수용해 버리면 됩니다. 수용한 바 없이 수용해 버리는 게 바로 관세음보살의 가르침입니다.

해가 있으면 그림자가 생깁니다. 자신의 그림자로 남편의 모든 허물도 덮어버리고 자식의 허물도 덮어버리고, 더 나아가서 도반의 허물도 덮어버릴 줄 아는 삶이 되어야 합니다. 캄캄해지면 그림자도 없어집니다. 그와 같이 수용하는 것입니다.

누가 속상하다고 공표하고 속이 상하는 사람은 없습니다. 자기도 모르게 말 한마디에도 속이 확 상해버리는 것입니다. 속이 상한다는 것은 결국 이것을 수용할 수 있는 마음이 전혀 없다는 소리입니다. 콩을 볶아보면 전부 튀어버립니다. 내 마음에 콩 볶는 것처럼 늘 튀고 사니까 하나도 수용하는 바가 없습니다. 그걸 정말 수용하려고 하면 수용한 바 없이 수용해야 되는데 그렇게 하기가 어렵습니다.

행복하려면 인정해 줘야 합니다. 아홉 가지가 부족하더라도 한 가지 좋은 점은 있을 것입니다. 그 한 가지를 가지고 아홉 가지의 잘못된 것이나 부족함을 덮어주고 수용하는 게 행복으로 가는 지름길입니다.

부부간에 만나서 자식을 만들어 놓고도 서로 남편 탓 아내 탓을 합니다. 머리 나쁜 것은 전부 외탁했거나 친탁했고 머리 좋은 것은 전부 자기 잘 나서, 자기를 닮아서 그렇다고 합니다. 거기에 또 자존심이 상하고 힘들어하는 것입니다.

타고난 대로 인정해 주면 됩니다. 자식이 머리가 좋든 나쁘든, 공부를 하든 안 하든 스스로 수용한 바 없이 수용하고 안아주면 그게 진짜 사랑이 됩니다. 그 사랑을 몇 사람에게 주기도 어려운데 어떤 사람들은 오지랖이 넓은 척하고 많은 사람을 다 사랑하려고 합니다. 어떤 일이든 수용하려는 마음이 있어야 합니다.

그래서 우리는 불자의 도리를 다하고 살아야 합니다. 장엄염불에

'각안기소국왕지은(各安其所國王之恩)'이라는 말이 있습니다. 나라의 은혜나 국왕의 은혜를 알라는 것입니다. 경전에도 이렇게 나와 있는데, 자기 마음에 안 들면 나가라고 소리지르는 것입니다.

이합집산에다 개인주의가 너무 팽배하다 보니 우리나라가 점점 삭막해지고 있습니다. 부탄 같은 불교국가는 정말 행복 지수가 높다고 합니다. 가진 게 많이 없는 데도 그렇게 행복하게 산다고 합니다. 우리는 있을 만큼 있는 데도 행복한 사람이 별로 없습니다.

사람 많은데 가보면 미소 짓거나 웃는 사람이 별로 없습니다. 전부 금방 누군가에게 대들 것처럼 눈은 있는 대로 올라가고, 인상은 누가 뭐라 했다고 하면 곧 터질 것 같은 표정을 하고 있습니다. 사람들이 전부 이렇게 살아가고 있습니다. 불자들이라도 행복한 미소를 자꾸 지어야 합니다.

우리가 행복해지려면 수용하는 마음으로 모든 것을 받아들이고 인정해야 합니다. 그 나머지는 관세음보살에게 와서 다 내려놓으면서 진실된 발원과 기도를 하는 것입니다. 남편을 이해 못하는 것도 관세음보살 앞에 가서 "관세음보살님, 내가 오늘도 전부 받아들인다고 하면서도 아직 못 받아들이고 있습니다. 이것을 참회합니다" 하고 용서의 참회를 해야 합니다.

그런데 노력하려고 애쓰면 헛일이 되고, 노력하려고 생각하면 그때부터 일이 어긋나기 시작합니다. 노력한 바 없이 노력해야 합니다. '일어나야지' 하고 생각만 하고 있으면 일어난 것이 아닙니다. 내가 '저 인간 봐줘야지, 봐줘야지' 하고 생각만 하고 있으면 안 봐준 것입니다. 그렇게 계속하면 마음에 자꾸 증오심만 증폭됩니다. 원망하는 마음만 커지는 것입니다.

그래서 이 마음먹기 전에 그냥 벌떡 일어나 버리는 것입니다. '일어나야지'가 아니라 그냥 벌떡 일어나 버리는 거고, '해야지'가 아니라 그냥 해 버려야 그때부터 앙금이 없어지기 시작합니다.

팔만사천 장황한 법문을 알아 듣고 공부를 하는 것도 중요하지만 한 가지라도 행하는 것이 그렇게 중요한 것입니다. 행한 바 없이 행하는 것입니다. 진실로 관세음보살을 의지한다면 이와 같이 행한 바 없이 행하고 받아들인 바 없이 받아들이는 그런 자세가 필요합니다.

스스로 느낀 대로 움직여야 합니다. 바람에 나뭇가지가 흔들리는 게 아니라 마음이 흔들리고 있으니까 나뭇가지가 흔들리게 보이는 것입니다. 결국은 모든 것이 내 마음에 달려 있다는 것입니다. 그래서 관세음보살의 심인이 중요합니다. 마음에 관세음보살의 도장을 찍어 받으면 나날이 복덕과 행복이 넘치는 삶이 됩니다.

부처님은
일념삼천(一念三千)이다

요즘은 참선하러 다니는 보살들이 많습니다. 참선도 안 하는 것보다야 좋지만 대부분 모르면서 남들이 좋다고 하니까 그 말을 듣고 하는 것이 문제입니다. 반듯하게 내가 알고 달려들어서 기도를 하든지 독경을 하든지 참선을 하든지 해야 합니다. 화두만 붙들고 있으면 된다고 하더라는 말에 속아서 하고 있습니다.

제대로 모르고 할 바에야 먼저 진실로 부처님을 믿고 진실로 부처님을 의지해서 스스로가 공경, 예배하고 찬탄하고 부처님의 자식으로 살아가도록 노력해야 합니다. 그런 연후에 지극히 발원해서 이루고자 하는 것을 이루는 가피를 받는 경험을 먼저 해야 합니다. 가피도 한 번 입어보지 못한 사람이, 선을 한다고 폼을 잡는 것은 앞뒤가 맞지 않습니다.

2,500년 전에 오셨던 부처님의 그 법력이 부처님의 자식인 나에게도 이미 훈습되어 있는 버릇과 습관 속에 다 있는 데도 무명에 가려져 스스로 그것을 드러내지 못할 뿐입니다. 일체를 믿고 부처님께 의지해서 부처님의 일체종지를 가리고 있는 무명을 닦는 노력을 해야 합니다.

화엄경에서도 '믿음은 도의 근원이자 공덕의 어머니다'고 말씀하셨습니다. '금륜보계(金輪寶階)'라고 부처님에게 가는 계단이 분명히 있다고 경전에 나와 있습니다. 또 '금강결로(金剛結路)'라고 부처님께 가는 길이 분명히 있다고 말씀하십니다. '금륜보계'는 부처님의 면류관을 쓰고 보살의 면류관을 쓰고 부처님이 되어가는 계단이 있다는 말이고, '금강결로'는 부처님께 가는 길이 있다는 것입니다. 경전에는 계속 그걸 이야기하고 있습니다. 부처님은 이렇게 말씀을 하시는 데도 믿음이 부족한 중생들은 딴 짓을 하고 있습니다.

부처님께서는 일만 팔천 세계를 비춰보고 두루 관한 다음에 말없이 가만히 계시니 이렇게 묻습니다.

"부처님, 어떻게 신기하게도 이걸 비춰주십니까? 이제까지 없던 상스러운 이런 일을 보여 줍니까?"

그러니까 하늘에선 꽃비가 내려오고 제석천왕이 북을 치니 "이런 신기하고 희유한 이것이 바로 일대사인연으로 내가 왔느니라. 이 법화경을 설하기 위해서 왔느니라"고 말씀하십니다.

그러면서 그 다음에 "내 자식들은 앞앞이 내가 좋아하고 스스로 원하고 바라고 행복해 하는 일을 내가 먼저 들어주리라. 사바현장의 고통 받는 중생들은 다 나의 아들딸로서 내가 기어코 자기들이 구하는 바 들어주고 구경에는 이고득락을 시켜주리라!"고 법화경 비유품에서 말씀하십니다.

이렇게 다 일일이 나열해서 말씀하신 것은 믿음을 강조하신 것입니다. 부처님의 세계는 광명의 세계입니다. 부처님께서 서품부터 시작해서 보현행원 권발품까지 계속해서 빛을 이야기 하셨습니다. 스스로가 빛이 되려면 믿음이 있어야 합니다.

스스로가 믿고 따르고 의지만 하면 됩니다. 못 믿고 긴가민가하고 지극하게 발원하는 것이 없고 스스로 열심히 부처님 앞에 기도해서 부처님을 찬탄할 줄 모르기 때문에 이루어지지 않는 것입니다. 부처님에게 가르침을 받았던 그대로 살아갈 줄 모르고 딴 생각하고 딴 짓하고 앉아서 시간만 낭비하고 있습니다.

원력을 세워야 합니다. 원력이라는 것은 달의 힘과 같습니다. 끌어당기는 힘으로 한 달이 그렇게 차는 것입니다. 그것이 바로 원력입니다. 원력은 그와 같아야 합니다. 일념삼천(一念三千)이 되고 원력으로는 그런 힘이 있어서 믿는 힘이 그만큼 있고 부처님을 찬탄해야 합니다.

일념이란 범부가 현실의 일상생활에서 일으키는 아주 미세한 미혹으로서 생각하는 마음을 뜻합니다. 이 일념은 진여심(眞如心)이 아니라 중생심의 일념입니다. 삼천이란 우주 안에 있는 모든 현상을 수로 나타낸 것입니다. 중생의 일념 속에 모든 세계인 삼천제법(三千諸法)이 다 갖추어져 있습니다.

　일념으로 부처님을 찬탄 공경 공양 예배하고 스스로 그렇게 행해야 합니다. 절에 가서 청소 한번 하라고 하는 데도 바쁘다고 핑계를 대고 도망가기 바쁜 사람이 많습니다. 부처님과 보살님이 계시는 도량이면 그냥 자진해서 청소하고 씻고 닦고 해야 되는 것입니다. 내 아버지가 거처하는 도량인데 스스로 그렇게 하는 게 당연한 자식된 도리입니다. 그렇게 일념으로 부처님을 찬탄하고, 원력을 세워야 가피가 온다는 것입니다. 가피 없이 계속 그냥 다니니까 가피가 뭔지를 모르는 것입니다.

　정말 이루고자 하고 원하면 기도를 통해 이룰 수 있습니다. 이루어지지 않으면 부처님 법이 삼천 년 동안 존재할 수 없었을 것입니다. 중생을 편안하게 하기 위해서 이 땅에 오셨다는 말씀을 믿어야 합니다. 내 자식들이 편안하고 안락하게 살고 내 자식이 정말 행복하길 바라는 게 부모 마음입니다.

　엉뚱한 소리 하지 말고 진짜 일념삼천이 되도록 믿고 의지하고 따르고 찬탄하고 공경하고, 원력을 세워서 달이 물을 밀어 올리듯이 그런 원력을 세워가지고 기도해 보면 당연히 가피가 오게 되어 있습니다. 가피를 한번 입어봐야 자꾸 기도할 맛을 느끼는 것입니다. 대충해서는 이루어지는 것이 결코 없습니다.

바쁘고 힘들고 험난한 세상을 살다보면 긍정적인 면보다는 부정적인 면이 많습니다. 된다는 소리보다 안 된다는 생각이 많으니까 이루어지는 게 하나도 없는 것입니다. 자신이 잘하는 것을 스스로 할 수 있어야 합니다. 칭찬해 본 적이 있는지 자문할 필요가 있습니다.

중생은 이미 전생부터 가져온 업력 때문에 각자의 그릇이 다르게 상근기, 중근기, 하근기로 나누어져 있습니다. 사람 가운데에는 성인도 있고 도인도 있고 중생도 있고 소인배도 있습니다. 성인 군자가 예의를 모르면 역적이 되고 소인배가 예의를 모르면 도적놈이 된다고 했습니다.

이 세상을 살면서 하열한 근기라도 그 속에는 칭찬해 줄 게 있습니다. 힘든 세상을 살아가는 가운데서도 스스로를 칭찬해 줘가면서 치유할 줄 알아야 합니다. 거기에다 용기 주고 희망 주고 미래를 가질 수 있도록 하고, 그 속에서 자기의 존재를 자꾸 키워나가면, 어디가도 기 안 죽고 긍정적으로 생각하는 가운데 좋은 일들이 생겨납니다. 어려우면 어려울수록 '참 일이 재미있게 되어 가는구나!' 하고 긍정적으로 생각하는 사람은 아무리 어려운 일이라도 헤쳐갑니다. 그런 사람은 부처님 전에 와서도 지극대성존이라 부처님께 귀의하게 됩니다. 부처님 같은 생각을 하면서 스스로 지견을 넓히고 소견머리를 넓히니까 대처하는 방법이 나옵니다.

IMF 때 절에 오던 거사가 있었습니다. 우산 공장을 운영하고 있었습니다. 7천만 원을 부도 맞았습니다. 그러고 난 뒤에 이 사람은 '나는 이제 끝났다'고 절망하더니 돈 7천만 원에도 정신을 못 차리고 술만 마셨습니다. 나중에 간암에 걸려 정말로 그 인생이 가버렸습니다. 부도 나고 3년 만에 간암으로 죽었습니다.

우방이 넘어가면서 우방의 하청업체로 있으면서 230억을 부도 맞은 거사는 지금은 대구에서 재산가가 되었습니다. "스님, 괜찮습니다. 안 죽습니다. 또 좋은 일이 있겠지요" 하고 그 사람은 긍정 마인드로 생각했습니다. 부도를 맞고도 다시 살아났습니다. 그 거사는 절에 가서 부처님을 들여다보면서 기도를 시작했습니다. 답을 얻기 전에는 돌아가지 않았습니다. 혼자서 그냥 죽자고 기도를 했습니다. 그러면서 결국은 답을 얻어 갔습니다. 스스로 이 답을 얻어가기가 정말 쉬운 것 같지만 어렵습니다. 그 사람은 이미 훈습이 되어 있어서 기필코 해답을 얻어 갔습니다.

어떠한 어려움이 있더라도 그냥 내쳐버리면 안 됩니다. 스스로를 위로해 주지 못하고 칭찬하지 못하면 자신의 불종(佛種)을 끊어버리는 것과 같습니다. 내 안에 있는 부처를 끊어버리면 바깥 부처에게 아무리 매달려도 되는 것이 없습니다. 마음속에 있는 자신의 부처를 칭찬하고 찬탄하고 공경하고 예배하고 그 마음속에서 진짜 큰 나의 아버지라는 부처님을 만나게 되는 것입니다. 그러면 그 공간에 공명(共鳴)이 생깁니다. 그 속에서 어떤 길이 보이게 되어 있습니다.

누가 나를 미워하면 겉으로 드러내고 욕을 하지 않아도 스스로 이미 느낄 수가 있습니다. 속으로 나를 욕하는 것을 사람과 사람 사이에서 느낄 수 있습니다. 하물며 자신과 부처님 사이가 공명이 된다면 안 느껴질 수 없습니다.

그러면 긍정적으로 생각하고 내 자신을 칭찬해줄 줄 알고 어려움이 앞을 가로막아도 대범해질 수 있습니다. 이런 서너 가지의 생각을 가지고 부처님 앞에 가서 기도하면 길이 저절로 보이게 됩니다. 이것을 가피라고 합니다. 스스로 노력하지 않고는 도저히 입을 수 없는 게 가피입니다.

간절함이 있어야 그게 기도입니다. 스스로 귀에서 눈에서 입에서 이렇게 한 말이 머릿속에 빙빙 돌면서 가슴까지 전해지고 관세음보살과 눈이 마주치고 심금이 울려져야 소원이 이루어집니다. 그냥 절 세 번 고개만 까닥거리고는 될 일이 하나도 없습니다. 지극한 마음이 있어야 합니다. 2,500년 전에 부처님이 오실 당시에 이미 부처가 되어 있습니다. 새로이 부처 되려고 자꾸 애쓸 게 하나도 없습니다.

여래수량품에 '자아득불래(自我得佛來) 소경제겁수(所經諸劫數)'라고 했습니다. 본래 부처였다고 하셨습니다. 스스로 닦아서 부처님 앞에 가서 견주어서 비교하고 스스로 부처님 앞에 방일하지 않고 지극하게 이루려고 기도를 해야 합니다. 원력 세워서 자신을 찬탄하고 칭찬하고 희망을 가지고 절망 속에서도 간절한 기도를 해야 합니다.

진짜 이루고 싶다면 부처님 앞에 가서 눈물을 뚝뚝 흘리고 뜨거운 가슴이 열릴 때까지 기도를 해 봐야 합니다. 기도하고 사는 사람은 뭐가 달라도 다릅니다. 겨우 돈 7천만 원에 인생을 포기했는데, 250억을 부도 맞아도 기도하고 정신 차려서 수십 억, 수천 억 재산가가 되는 사람도 있습니다.

그것은 생각과 믿음의 차이입니다. 정주영 회장은 직원이 '안 됩니다'고 하니까 '임자, 해 봤어? 해 봤나' 소리부터 먼저 했습니다. '안 됩니다'고 하는데 '네가 해 봤나?' 이렇게 물었습니다. '안 됩니다'가 아닙니다. '된다'는 이 말이 필요합니다. 믿음이 제일입니다. 법화경을 한 자 한 자 쓰면서 부처님의 마음을 읽을 수 있어야 합니다. 무한대로 내 것을 만들어서 복력이 증장되도록 해야 합니다.

법화경은 온전한 믿음으로만 들어가면 마장이 전혀 없습니다. 부처님은 일념삼천입니다. 지극하게 들여다보고 어려움과 고통과 힘듦을 낱낱이 살피면서 정말로 온전한 불자로 살고 부처님의 자식으로 들어오면 천하를 다 줘도 아까울 것이 없는 게 부처님의 마음입니다.

자기 것도 없이 다 퍼주는 사람을 보고 꼭 부처님 몸뚱이 같은 짓만 한다고 말합니다. 그와 같이 부처님께서는 그렇게 모든 것을 다 주시는 분입니다. 이미 2,500년 전에 우리가 부처님과 같이 이렇게 동수정업(同修淨業) 하고 있었습니다. 부처님께서 깨닫고 보니까 모두가 불성을 다 가지고 있다고 하셨습니다.

부처님께서는 모든 설법을 다 하시고는 "다 버려라. 이제는 이거다! 믿고 따르고 의지하고 찬탄하고 공경하고 공양하면 내가 너희 들 것을 다 들어주마! 네 속에는 이미 부처로서 온전한 자리를 잡고 있다"고 법화경에서 말씀하셨습니다. 중생심으로 통하여 일체의 여시(如是)한 실상을 관찰하게 하고자 하는 일념삼천의 뜻을 새겨야 할 것입니다.

업력에서 벗어나는 길

옹호성중만허공(擁護聖衆滿虛空)　도재호광일도중(都在毫光一道中)

신수불어상옹호(信受佛語常擁護)　봉행경전영류통(奉行經典永流通)

옹호하는 성중님들 허공에 가득하사

모두가 백호광명 불법 속에 자재하네

부처님 법 믿고 지녀 어느 때나 옹호하며

모든 경전 받들어서 길이 유통시키시네

　부처님이 계시는 곳은 어디든지 가서 신중이 옹호하지 않으면 영
험이 없다는 말입니다. 절 의식 가운데에 어디든지 큰 행사를 하면
일백사위를 꼭 청합니다. 예를 들어 개산대재를 지낸다든지, 점안

의식을 한다든지, 절에 새롭게 큰 일을 시작할 때에는 삼신이운(三身移運)이라고 증명상을 해서 상을 차리고 신중을 옹호합니다.

먼저 신중을 꽉 둘러 채우고 그 다음에 부처님 앞에 가서 점안의식을 합니다. 개산대재라고 해서 산문을 여는 의식도 일백사위를 먼저 청합니다. 그것을 어산(魚山)이라고 하는데 여법하게 의식을 행하면 정말 보기가 장엄합니다. 요즘은 도량마다 삼보를 호재하는 신중 법당을 건립하고 있습니다.

어떤 요행을 바라서 조상을 자꾸 팔아먹고, 가만히 있는 조상을 자꾸 일으켜서 자손들이 득볼 게 별로 없습니다. 안해야 되는 짓인데 자꾸만 하고 있습니다. 그래서 혼침에 싸여서 절에 갔다 오고도 내 정신인지 남의 정신인지 분간도 못하고 사는 사람들이 참 많습니다. 신중을 옹호하고 팔부 신중이 있는 도량을 찾으면 나쁜 것이 행여나 따라왔다가도 그냥 툭툭 다 터져나갑니다.

그래서 영험이 있다고 말하는 것입니다. 건강이 안 좋거나 병원에 가도 병명이 없는데 자꾸 아픈 사람들은 절에 가서 열심히 기도 한번 올려보면 좋은 결과를 얻을 수 있습니다.

결국 호호법당(好好法堂)이면 불무영험(佛無靈驗)입니다. 법당은 어디를 가도 잘 모셔났는데 영험이 없는 21세기를 우리가 살아가고 있다는 것입니다.

과학이 발달하고 사회 문명이 발전할수록 세간에서 육식(六識)이 발전합니다. 실제로 안이비설신의(眼耳鼻舌身意) 눈으로 보고 귀로 듣고 냄새 맡고 미각을 느끼고 몸으로 느낌을 받은 이것을 가지고는 안 맞는 게 더 많습니다. 판단한 것 자체가 안 맞는 게 너무 많습니다. 많은 대중이 법당에 가서 같은 말을 들어도 각자 듣는 것에 따라서 해석이 모두 다를 수 있는 것과 같습니다.

분명히 다를 수 있습니다. 내 귀로 들었다고 해서 그것이 백번 맞다고 우겨대는 것은 잘못된 생각입니다. 그렇게 사는 삶이 과학이 발전하면 발전할수록 어떻게 보면 자기가 주장하는 것만 늘어나지 실제로 맞는 것은 없습니다.

그래서 부처님께서 법화경 서품에서 말씀도 없이 중생들과 제자들을 응시만 했습니다. 미간 백호로 동쪽으로 세상만 확 비춰봤습니다. 일만팔천 세계를 그렇게 비춰보고도 말씀이 없으셨습니다. 태초의 법이라는 것이 그대로 진공묘유하게 딱 정해져 있습니다. 그런데도 사람들은 해석에 따라서 다르고, 생각에 따라서 다르고, 마음먹는 것에 따라서 다릅니다. 있다 없다 부정하기까지 합니다.

그래서 부처님께서 말씀을 안 하시고 그냥 '적정음해(寂靜音海)'라, 그냥 가만히 계셨습니다. 그때 인연 없는 비구 비구니 우바이 우바새 오천 인이 그냥 절하고 물러났습니다. 그러고 난 뒤에 "쓸데없는 잎과 줄기는 다 떨어졌으니 내가 너희들을 위해서 이제 법화경을 설하리라"고 말씀하셨습니다.

우리의 어떤 삶이 그와 같이 무지합니다. 어떻게 보면 자기 아상이 강할 경우에는 들어도 귀에 들어오거나 가슴에 와 닿아 요동치지 않습니다. 스스로 바꾸려고 생각하지 않습니다. 불자로서 산다고 말을 했을 때 내 가족이든 이웃이든 누구에게든 가슴에 상처를 주지 말아야 합니다. 요즘은 말에 대한 심각성이 그 어느 때보다 심합니다. 말로 인해서 아이들이 왕따를 당합니다. 초등학교 4학년 때까지 그 말을 잡아주지 않으면 어른이 되어서도 똑같이 변함이 없다고 합니다.

문제는 거기에서 정말 많은 상처를 받는다는 것입니다. 신문을 봤는데 어떤 학생이 "에이 걸레 같은 놈아!" 라는 말을 듣고는 그 이후로 점점 위축이 되기 시작했습니다. 그러다가 나중에는 어떤 분노가 돌출하다 말고 그게 안으로 쌓이니까 '내가 먼지처럼 없어져 버렸으면 좋겠다'고 생각했습니다. 말 한마디에 이렇게 상처를 받고 힘들어하고 괴로워합니다.

이건 아이들만이 그런 게 아닙니다. 직장이면 직장, 가정이면 가정, 쉬운 대로만 이야기를 하다보니까 말로서도 상처를 주고 괴로움을 줄 수도 있습니다. 심지어 사람을 죽일 수도 있는 것입니다.

불자라면 말을 조심해서 다른 사람에게 상처를 주지 않아야합니다. 말은 성인을 만들 수도 있고, 말은 마왕을 만들 수도 있습니다. 성인과 마왕이 어떻게 보면 손바닥 하나 차이입니다. 부처님 같은 성인은 그 어디에도 없습니다. 2,500년이 지난 오늘날까지도 일체 깨달음이 모든 중생에게 전해지는 이유는 그것이 따를 만하고 응당 그 말씀을 따르면 행복해질 수 있기 때문입니다.

백 년도 못 사는 이 세상에서 말을 함부로 해서 수많은 사람의 가슴에 상처를 줄 수도 있는 것입니다. 마왕 같은 행동도 내 마음 속에서 하는 것입니다. 부처님과 같은 바른 말 고운 말과 행동도 내 마음에서 하는 것입니다. 물론 복을 구하고 신중의 옹호를 받아서 사업이 번창하고 가정이 화목하며 우환질고가 없어지고 세상살이가 밝아지기를 희망합니다. 그렇지만 불자라면 궁극에 가서는 성불하겠다는 것이 목적이 되어야 합니다. 온통 일백사위 신들의 가호를 받고 구경에는 스스로 성불하겠다는 생각을 가져야 하는 것입니다.

성불하겠다는 생각은 안 하고 가정사든 사회생활이든 혼자 육신이 추구하는 욕심만 가지고 살아가면 이게 업력이 되어서 넘어지고 힘들어지고 원망심도 생기고 진망심도 생깁니다. 심할 경우에 자기만 잘 살아야 되겠다는 생각을 하게 되고 그런 사람으로 인식이 될 수 있습니다.

이런 세상에서 자신이 아는 것은 정말 얄팍한 것입니다. 그래서 지혜의 눈으로 보고 육식이 완전히 복력을 구하게 되면 그 복력에 의해서 복과 지혜가 쌍수로 늘어나는 것입니다. 복만 늘어나고 지혜는 안 늘어나는 게 아닙니다.

어리석은 자가 재산을 많이 가지고 있으면 어떻게 될까요? 꾀 많은 자 오면 그거 다 빼앗기는 것입니다. 그래서 복이 많다는 것은 지혜도 그만큼 많기 때문에 그것을 지킬 줄 알고, 때에 따라서 보시

할 줄도 알고, 좋은 일 할 줄 아는 것입니다.

경주에 최 부자가 있었습니다. 그 사람은 대대로 부자로 살았지만 '내 주위에 삼십 리 길에는 굶어 죽는 사람이 없게 하리라!'는 신념을 가졌습니다. 그것이 지혜라는 것입니다. 자기 혼자 잘 먹고 잘 살려고 했으면 과연 그 사람이 대대로 그 큰 집을 지키고 살 수 있었을까요? 당대에 가난과 흉년이 들었을 때 그 집에 돈 많고 쌀 많다고 생각이 들면 뭐라도 들고 훔쳐 갔을 것입니다. 그냥 나라도 뒤엎는 판인데 어떤 조그마한 부자 하나 망치는 것은 아무것도 아니었을 것입니다. 그러니까 내 집 주위로 삼십 리 길에 굶는 사람 없게 하라는 유언에 따라 그대로 하니까 세상이 뒤집어져도 그 주위에 사람들이 최 부자 집을 옹호해 준 것입니다.

이것이 지혜로운 삶입니다. 그래서 복과 지혜는 같이 있는 것이지 복과 지혜가 따로 있는 것이 아닙니다. 기도를 많이 해서 복이 오면 지혜는 자연히 따라옵니다. 가만히 들여다보면 자성이 보이게 되어 있습니다.

기도를 열심히 하면 몇 년 뒤에 '내가 이렇게 살았으니 앞으로는 저렇게 살겠구나' 하는 것까지는 쉽게 볼 줄 압니다. 그런데 그것도 없이 그냥 빈둥빈둥 사는 것은 업력만 쌓이게 됩니다. 그래서 말로서 남에게 상처를 주고 가족에게 상처 주고 이웃에게 상처 주고 또 직장에서나 하는 일에서 상처 받고 상처 주는 일이 없어야 합니다.

스스로 절에 가서 이렇게 기도하고 난 뒤에 복도 빌고 지혜도 얻어가되 참회할 줄 아는 불자가 되어야 합니다. 자신은 늘 잘났다고 설치는 바람에 아상이 꺾이지 않으니까 그것이 우매하게 되는 것입니다. 오히려 어리석음이 나타나는 것입니다. 본연 자성은 이미 부처였다고 했지만, 늘 무명 중생의 때를 묻히다 보니깐 한치 앞도 몰라보는 미혹한 중생이 되는 것입니다.

이 미혹을 떨어내는 방법은 무엇일까요? 쓸데없는 미혹은 스스로 붙인 것이지 남이 붙인 게 아닙니다. 스스로 그 미혹을 떨쳐낼 수 있는 것이 참회입니다. 자기의 잘못을 진심으로 부처님 앞에 가서 인정하고 관세음보살 앞에 가서 진실로 용서를 빌어야 합니다. 그것을 마음으로부터 느끼고 기도할 때는 뜨거운 눈물이 흐릅니다. 자성이 먼저 아는 것입니다.

그렇게 완전히 참회하고 그 참회가 결과적으로는 지혜와 복을 지키는 무기가 됩니다. 스스로 업력에서 벗어나는 방법은 참회하는 길 밖에 없습니다. 그래서 절에서 제일 많이 시키는 게 자비도량참법 참회기도입니다.

어떤 스님은 평생을 산에 다니면서 기도하고 수행할 때 참회기도만 했다고 합니다. 3, 4년 동안 참회기도만 죽자고 하니까 자기의 업장이 산과 산 사이 계곡으로 빠져 나가는 것을 알 수 있었습니다. 그 이후에 스스로 기도를 하니까 기도의 응답이 있었다고 합니다.

진실된 것은 참회 끝에 오는 것입니다. 스스로 주위 사람에게 상처를 주지 않았는지, 스스로 욕심만 부리지 않았는지 살펴봐야 합니다. 또 무명 중생으로서 수없이 살아가고 억겁의 세월 동안 살아오면서 끝없이 육도윤회를 하다 보니까 잘못이 뭔지 잘 한 것이 뭔지도 구분도 없게 됩니다. 그냥 뒤섞여버린 삶을 살지는 않았는지 뒤돌아봐야 합니다. 세상에 태어나서 부모의 정성과 키우는 공덕으로 이만큼 성장하고 먹고 살게 된 것을 자각해야 합니다.

주위에 사람조차도 없고 자만심으로 가득차 있다면 다 참회해야 합니다. 생로병사는 못 면하는 거니까 그것도 겸허히 받아들이고 어느 정도는 스스로 인정해야 합니다. 자기의 정신 연령이 어느 정도이고 지혜가 얼마만큼 되고 복력이 얼마만큼 되는지 스스로 가늠해보아야 합니다. 좀 힘들고 고통스럽고 어려우면 스스로 참회하고 절에 가서 복 지으려고 노력하고 애써야 합니다. 애쓰는 그 가운데서 어떻게 보면 복과 지혜가 증장이 됩니다. 참회하는 그 마음속에서 진실로 내 삶의 주위를 돌아볼 수 있는 힘의 원천인 에너지가 생기는 것입니다.

각각의 신중들이 옹호하는 가운데 소원을 빌고 성취를 이루고 지혜가 구족되게 자꾸자꾸 하다보면 참회라는 것은 저절로 됩니다. 진실로 마음에서 뼈저리게 느낌이 올 때 그것이 자성불입니다. 마음에 부처가 바로 보이는 거고, 보이면 그때부터는 거기까지 들어가는 것이 그렇게 어렵지 않습니다. 정말 기도해보면 '아~ 어느 때 어떻게 되겠구나!' 하고 스스로 그게 알음알이가 더 영글어 갑니다. 그걸 더 깊이 있게 해서 자성불이 완전히 드러나면 그것을 보고 견성했다고 말합니다.

'내가 외경하던 관세음보살이나 부처님이 내 마음에도 있었네!' 하고 진실로 보게 됩니다. 거기서부터 스스로가 성인으로 살아가는 것입니다. 그러니 중생의 업력을 벗은 자리는 바로 성인이 보이는 것이고, 중생의 업력이 다한 자리는 바로 마왕이 보이게 되어 있습니다.

그럼 그 선택은 누가 하는 것일까요? 본인들이 하는 것입니다. 누가 뭐라고 해도 스스로 선택하고 스스로 하는 것입니다. 성인을 선택하는 것도 스스로 하는 것이고, 마왕을 선택해도 스스로 하는 것입니다. 남이 누가 준다고 해서 하는 게 아닙니다.

스스로 겸손할 줄 알아야 합니다. 일백사위를 청하면서 한 분 한 분의 맡은 역할이 다 있습니다. 그분들을 청해서 절에 가는 각각의 불자들이 그 신중의 가호지묘력(加護之妙力)을 입을 수 있습니다. 스스로 생각해서 조금 더 나은 삶을 살기 위해서는 무엇보다도 언사를 조심해야 합니다. 말을 조심하고 행동으로 받아들일 때 각자의 삶에 부처님이 좀 더 가까이 오고 관세음보살이 좀 더 가까이 화현해서 삶이 윤택해지는 것입니다.

자식을 어여삐 여기는
부처님의 사랑

　세상을 살아가면서 가장 필요한 건 무엇일까요? 현대인은 몸뚱이가 아파서 숨이 헐떡헐떡 넘어가면서도 돈 때문에 신경을 씁니다. 정말 원수 같은 사람 관계도 문제입니다. 가족으로 인해서 죽을 때까지 원이 되고 한이 되어서 마음에 응어리가 지도록 살아가는 것입니다. 그래서 이 세상 살아가면서 뭐니 뭐니 해도 돈 문제, 사람 문제가 가장 풀기 어려운 문제입니다.

　직장을 가도 그렇고 사업을 해도 그렇고, 살아있는 동안 그 문제를 가지고 고민하고 힘들어합니다. 이게 인간살이입니다. 그래서 이걸 보고 고해중생이라고 하는 것입니다. 고통의 괴로움이 파도처럼 연속으로 밀려오는 것입니다.

부처님께서는 그것을 태풍 부는 파도에 비유해서 고해중생이라고 했습니다. 그 다음에 화택중생이라고 했습니다. 불타는 집에 사는 중생들과 같다고 했습니다. 모든 일이 내 마음대로 안 되니 속을 끓이고 화가 나는 내 마음의 불은 계속 활활 타오르는 것입니다.

부처님 법은 대(大)를 위해서는 소(小)를 희생하는 게 있습니다. 옛날부터 어떤 부처님이나 어떤 성현이라도 대를 위해서는 소를 희생하는 법이 있습니다. 죄업이 많아서 이런 일이 생겼다는 이야기입니다. 부처님 법을 만났다는 것은 이 세상에 와서 어떤 종교보다도 행복한 인연의 고리를 연결하는 것입니다.

세상의 인연 중에서도 불법과 인연된 것만큼 좋은 인연이 없습니다. 나보다도 더 나를 잘 아시는 분이 부처님입니다. 또 나보다도 나를 더 아끼시는 분이 부처님입니다. 게다가 나보다도 더 나를 염려하는 게 부처님입니다.

믿는 마음을 이와 같이 하라는 것입니다. 나보다도 나를 더 아끼고 나보다도 나를 더 염려하고 나보다도 나를 더 사랑하는 그 부처님을 위해서 과연 무엇을 했는지 돌아봐야 합니다. 아버지는 자식을 사랑하고 자식을 애지중지합니다. 말로는 다 표현할 수 없는데 때에 따라서는 자식이 말 안 듣고 힘들어 하고 제 갈 길이 아니라고 생각할 때는 혼을 내기도 합니다. 잡아놓고 때에 따라서는 매를 때리고, 때에 따라서는 훈계를 합니다. 때가 되니까 공부 가르치고, 때가 되니까 사회생활을 가르치고 하는 것입니다.

그러면서도 초점은 자식에게 가 있습니다. 나보다 나를 더 아는 분이 내 아버지란 말입니다. 나보다 나를 더 아는 분이 내 어머니라는 소리입니다. 육친의 부모도 그렇다는 것입니다.

그런데 육친의 부모는 눈에 보이지 않으면 해주지는 못하고 지켜주지 못합니다. 그렇지만 부처님은 어디를 가도 허공 중에 늘 나와 같이 호흡하고 있기 때문에 나보다도 나를 더 잘 아시고 지켜주고 보호하고 외호하고 계십니다. 그걸 믿어야 된다는 것입니다. 그걸 믿고 의지하는 것입니다. 그러면서 내가 하는 일이 잘못되거나 내가 하는 일이 부처님이 가르치지 않는 일이라고 생각했을 때 그걸 과감히 놓을 줄 아는 그것이 철이 드는 과정입니다.

그렇게 하다보면 진실한 아버지에 대한 사랑이 느껴지기 시작합니다. 그러면 가슴이 쿵덕거리는 것입니다. 힘들고 어렵고 고통스러움은 부처님에게 가서 어디로 가야 하는지 애쓰고 힘쓰는 그 마음으로 귀가 뚫리고 눈이 보여서 가슴이 열리면서 눈물을 흘리면서 부처님께 의지하게 됩니다.

그게 없으면 우리는 영원히 초보자를 면하지 못합니다. 아무리 불자라도 이 믿는 마음이 이와 같이 이루어져 있지 않으면 언제나 그냥 그 자리입니다. 마음에 진실된 여래의 자성을 내가 가지고 있으니까 그 마음속에 있는 나라는 존재는 바로 부처의 자식이 되는 것입니다.

몸뚱이는 부모로부터 물려받았지만, 내 본연의 자성 자리는 부처님으로부터 물려받았습니다. 그 때문에 부처님을 아버지라고 하는 거고, 관세음보살을 어머니라고 할 수 있는 것입니다. 지극하게 부처님을 찾는 그 힘으로 이루지게 되어 있습니다.

그래서 부처님은 이렇게 들여다봅니다. 저 자식이 고생하고 힘들고 어렵게 살아도 자기 스스로 부처님을 찾고 부처님께 의지하면 어떻게 하든 도움을 주십니다. 먹고 사는 문제만 해결이 되면 다 된 것이 아닙니다. 그것보다 더한 것은 부처님을 섬길 줄 알고 부처님을 위해서 더 겸손할 줄 알고 부처님을 모시는 그 마음에서 살면서 남을 도울 줄도 알고 주위를 살필 줄도 아는 것입니다. 자기 속은 고통스러워도 스스로 보듬을 줄 아니까 부처님은 그때부터 소원을 들어주는 것입니다. 그게 가피입니다.

자기의 속을 버리지 않고 비우지 않고 썩어 거름이 되지 않고는 부처님도 도와주지 않습니다. 먼저 그 자리를 마련할 줄 알아야 되고, 먼저 그 집을 지을 줄 알아야 합니다. 자기 혼자 잘 먹고 잘 살겠다고 아버지도 몰라보고 형제도 몰라보고 외면하고 자기 혼자 하는 사람에게는 가피를 주지 않는 것입니다. 마음자리 잘 쓰는 것이 부처님을 위하는 길입니다. 마음자리에서 정말 도가 터지고 진실로 위하는 그 마음이 바로 부처님의 자식으로 살아가는 것입니다.

부처님은 자식의 행동을 다 보시고 자식이 기도하는 발원 내용을 다 들으십니다. 보시고 들으시고 그 다음에 아는 것입니다. 법화경 화성유품에서 "보시고 들으시고 아시고 나를 인도해 준다"고 하셨습니다. 참선한다고 자기 혼자 까불대다 보면 자기 혼자 잘난 줄 알다가 아상이라는 나뭇가지에 건들려서 곁가지에 붙들려 딴 길로 가기 쉽습니다. 그 때문에 신해행증(信解行證)이라고 단순하게 딱 못을 박아 놓았습니다. 믿고, 이해하고, 행하고 증으로 열반을 이루는 것입니다.

이와 같이 믿음으로써 소원과 성취를 가피로 받는 것입니다. 더 많은 것을 중생을 위해서 회향하고, 더 많은 것을 부처님을 위해서 공경하고 찬탄하고 예배하고 공양하는 그 마음이 커져 있기 때문에 이 자식은 성공에서 끝나는 것이 아닙니다. 성공해서 많은 것을 섬기고, 성공해서 더 많은 사람에게 인정받고, 성공해서 더 많은 사람을 위해서 좋은 일을 할 수 있는 자식으로서 만들기 때문에 부처님은 그 자식을 선택하는 것입니다.

그래서 부처님이 보시고 들으시고 아신다는 것입니다. 그 다음에 인도하는 것입니다. 나보다 더 나를 알고 나보다 더 나를 사랑하고 나보다 더 나를 염려하는 분이 부처님입니다. 부처님의 복과 지혜는 말할 수 없이 큽니다.

빈녀일등이라는 말이 있습니다. 가난하고 힘든 노파가 언제 죽을지 모르지만 그 빈자가 사흘 낮밤을 굶어 기름을 동냥해서 그 돈을 가지고 부처님 앞에 등불을 밝혔습니다. 그것도 저 멀리서 부처님이 오신다니까 말석 끝자리에다 기름 등불을 하나 밝혀 놓은 것입니다. 그 화려한 모든 거부장자 국왕 대신들이 밝혀 놓은 불은 밤이 되고 비가 오고 바람이 치니까 다 꺼졌습니다. 그런데도 그 노파가 붙인 등불은 새벽이 와도 점점 더 밝아지는 것입니다. 그것을 보고 아난존자가 "부처님, 저 불은 끌려고 해도 꺼지지 않습니다. 어떻게 합니까?" 하고 물었습니다. 부처님께서는 "놔둬라. 저 불은 후세에 몇 겁 지난 뒤에 연등불이란 부처로 다시 올 사람이 빈자일등으로 밝혀놓은 불이니라"고 말씀하셨습니다.

그와 같은 마음의 등불을 밝혀야 합니다. 소원하는 등불을 밝혀야 합니다. 그렇게 부처님을 믿고 들어가는 법화행자가 되어야 합니다. 믿는 마음이 제일입니다. 부처님께 푹 절여져야 된다는 것입니다. 김장을 담가서 3개월 정도 되면 사근사근하고 맛있는 김치가되듯이 부처님의 법에 아주 푹 젖고 부처님을 찬탄하고 공경하고예경하는 그런 불자라야만이 부처님의 진실한 가피의 맛을 볼 수있습니다.

풍정화유락(風定花猶落)

조명산갱유(鳥鳴山更幽)

천공백운효(天共白雲曉)

수화명월류(水和明月流)

바람은 자도 꽃은 오히려 지고

새가 우니 산은 더욱 적막하다

하늘은 흰 구름과 더불어 새벽을 맞이하고

물은 밝은 달과 함께 흘러가네.

행(行)

보살행으로 꽃피우다

기도의 진정한 의미

기도를 하러 오는 사람도 몇 가지 부류가 있습니다. 정말 열심히 하는 사람이 있고, 감사할 일 있을 때 와서 기도하는 사람이 있습니다. 그런데 하라는 기도는 안하고 불만만 토로하고 가는 사람이 있고, 그것도 하지 않는 사람이 있습니다. 어떤 사람은 절에 가지도 않으면서 혼자서 불평불만만 늘어놓고 원망만 하고 남 탓만 하는 사람들이 있습니다. 바로 후자에 속합니다.

기도라는 게 굉장히 어렵습니다. 쉽지 않으니 기도가 되는 것입니다. 기도는 일념으로 끊임없이 하는 동안 갑자기 한 순간에 자기도 모르는 사이에 어떤 경지에 오르게 됩니다. 계획해서 기도한다고 해서 그에 맞는 결과로 그렇게 오지 않습니다. 어쩌다 생각나면 하는 기도가 아니라 언제나 기도하고 사는 삶이 중요한것 입니다. 기도하고 살면서 부처님 품속에서 자신의 원을 이루고자 하는 마음이 충만할 때 비로소 가피를 입을 수 있습니다.

스스로 기도해서 받아가는 것도 좋지만 부처님을 모시고 부처님을 믿고 의지해서 사는 것을 감사히 여기며 기도할 줄 알아야 됩니다. 내 마음에 아무것도 없으니까 긴가 민가하며 기도한다고 앉아 있는 경우도 많습니다. 기도할 때는 부처님과 관세음보살에게 눈을 맞추고 정신을 차리고 집중해서 행해야 합니다.

기도하는 사람도 네 종류가 있습니다. 첫 번째는 그냥 멍 때리고 남 이야기 따라 하는 사람이 있습니다. 두 번째는 남을 따라 하는데도 그래도 자기 욕심을 가지고 하는 사람이 있습니다. 세 번째는 머리를 써가면서 기도를 하는 것입니다. 네 번째는 머리도 안 쓰고 무조건 믿으면서 기도하는 사람입니다.

이렇게 기도 하는 게 바로 마음으로 하는 기도입니다. 마음으로 하는 기도는 가피가 이루어지게 되어 있습니다. 부처님께서 법화경에서 "너희들은 나의 아들딸이기 때문에 응당 나를 찾고 나에게 그 이야기를 한다면 나는 그걸 들어주리라!" 하고 말씀하셨습니다.

어떤 종교는 신도를 종속적인 종이라고 생각합니다. 불교를 믿으면 부처님의 아들딸이 될지언정 절대 종은 안 되는 것입니다. 한 평생 믿고 살아도 어떤 종교는 종으로 끝나는 게 있습니다. 불교를 믿고 산다는 것은 부처님을 아버지로 두고 관세음보살을 어머니로 두고 그 자식으로 살아가는 거니까 가장 이상적인 좋은 관계가 되는 것입니다.

스스로가 기도한다는 그 생각을 이어가야 기도가 성취됩니다. 가랑비에 옷 젖는 줄 모르게 꾸준히 기도를 계속 하다 보면 어느 순간 가피가 올 때는 한 순간 오는 것입니다. 하루아침에 확 달라지는 것입니다. 그때까지 멈추지 않고 지속해야 합니다.

평상심이 도라는 말이 있습니다. 평소에 하는 훈습에 따라 기도하는 습관이 길들여집니다. 기도를 시작하게 되면 절에 가서 천수경도 독송하고, 법화경도 들여다보고 부처님을 예경할 줄 알게 됩니다. 그 다음에 부처님을 칭송하고 찬탄할 줄 알고, 그렇게 노력한 그것은 일상생활이 되어 버립니다. 그런 사람에게는 나쁜 일이 생기지 않습니다.

그러니 평상심이 도라는 말은 이와 같이 열심히 노력하는 것은 부처님이나 신장님도 늘 보호해 주신다는 말과 통하는 것입니다. 꾸준히 기도하고 참회해서 자기의 잘못된 습관과 버릇을 고치고, 부처님 앞에 가서 부처님과 관세음보살과 같은 습관을 들여서 부처님과 관세음보살처럼 살아가는 것이 바로 기도 성취입니다. 그러면 그 속에서는 가피력이 저절로 생기게 되어 있습니다. 열심히 기도하고 아무리 노력해도 형편이 안 풀리는 사람이 있습니다. 기도의 이치를 모르고 늘 업력대로만 하니까 욕심내게 되어 결국 일이 안 풀리는 것입니다.

어떤 사람이 이사를 가고난 뒤부터 자꾸 이런 저런 일도 생기고 절에 가서 아무리 열심히 기도를 해도 집안에 자꾸 풍랑이 일어난다고 했습니다. 그것은 벌써 그 사람의 기가 꺾여 있고 약해져 있다는 소리입니다. 자기 스스로 그런 일에 한번 치이고 두 번 치이면서 기가 꺾여서 그렇습니다. 힘들고 고통스럽고 괴로우니까 그 시련을 극복하는 길을 찾지 못해서 그렇습니다. 그러다가 그냥 잘 본다는 도사든 무당이든 어디든 찾아가는 것입니다.

우선 빼먹는 곶감이 달다고 한풀 꺾여서 기가 약해진 상태에서 뭐라고 이야기 하면 그냥 솔깃해지는 것입니다. 믿고 따르고 의지하는 부처님은 온 데 간 데 없고, 새로 이사해서 놓은 침대 밑으로 수맥이 흘러서 꿈자리가 시끄럽다고 한마디 하면 그냥 솔깃해지는 것입니다. 결국 이 집에 들어와서 좋은 일이 하나도 없다는 그 말에 발목잡혀서 자꾸 물어보러 다니게 됩니다.

불자라면 그런 마음이 든다면 절에 가서 지심정례하고 기도해야 합니다. 신장은 어디를 가도 다 있는 것입니다. 그 신장의 가피력을 못 받고, 부처님이나 보살님들의 가피력을 못 받아서 혼자서 헤매고 있는 것입니다. 결국은 여기저기 쫓아다녀봐야 별 소용이 없다는 생각을 하고 지극한 내 마음을 내어야 합니다.

부처님께 왔으면 자신의 처지나 힘듦을 그냥 드러내놓고 관세음보살과 진정한 대화를 할 수 있게 되었을 때, 기도 자체가 전부 즐거움으로 변합니다. 환희심으로 변해버리는 것입니다. 그 다음부터는 누가 나서서 하지 말라고 말려도 기도하게 되는 것입니다.

오늘날까지 살면서 경제가 한 해라도 정말 좋다는 소리를 한 적이 없습니다. 그러나 모두들 지나고 보면 그때가 좋았다고 생각합니다. 경제가 어렵고 돈이 안 들어온다는 둥 하기 좋은 말로 그렇게 말합니다. 경제가 아무리 어려워도 가만히 있으면 아무도 경제를 살려줄 수 없습니다. 경제가 아무리 어렵다고 해도 우리는 더 좋은 세상에 살고 있습니다. 자신의 내면에 남을 미워하고 시기하고 질투하고 괴로워하는 원인은 바깥 경계에서 비롯되는 것입니다. 그 시선을 내면으로 돌려 들여다보아야 합니다.

어제보다는 내일이 좋을 거라는 생각은 곧 희망과 직결됩니다. 오늘보다는 내일이 나을 거라는 희망이 바로 기도하는 의미입니다. 내일을 위해서 미래를 위해서 결국은 행복해지기 위해서 기도하는 것입니다. 남보고 이래라 저래라 할 게 아니라 스스로의 삶을 열심히 살아가야 합니다. 행주좌와어묵동정이 바로 기도가 되어야 합니다. 그러면서 부처님과 하나가 되고 관세음보살과 하나가 되었을 때 어느 날 갑자기 가피라는 것은 툭 터지게 되어 있습니다.

살다보면 응어리질 일이 많습니다. 사찰에 가서 맺힌 응어리를 풀어내야 합니다. 마음에 힘든 응어리, 맺혔던 응어리, 남을 보고 원망했던 응어리들을 자신이 들여다보면서 스스로 부처님 앞에 풀어내고 관세음보살에게 풀어내 진여자성이 무엇인지 알아차려야 합니다. 본연을 들여다보면 모든 것이 다 용서가 되고 이해가 되고 화해가 됩니다. 하나같이 기도의 가피를 입은 것처럼 집안은 화목해지고 사업은 번창하게 되고 병고액난은 없어집니다.

육신에 나타난 병보다 정신적인 병이 더 많은 세상입니다. 마음의 병이 제일 큰 것입니다. 부처님께 의지하면 정신적으로 치유하고 힐링 받을 수 있습니다.

물 한 방울에도 수만 마리의 세균이 있습니다. 현미경으로 들여다보면 더러워서 못 먹는다고 합니다. 거지들은 이것저것 가리는 것 없이 먹고 살아서 면역성이 생기기 때문에 더 오래 산다고 합니다. 나약한 사람은 면역성을 못 길러서 병이 더 많을 수 있습니다. 정신적으로도 꿋꿋하지 못하니까 병이 드는 것입니다. 절에 가서 부처님이나 관세음보살께 기도하는 것은 자기 자신의 힘을 기르는 일입니다. 이 세상을 헤쳐 나갈 힘을 기르고 받아가는 것입니다.

죄 지은 것도 없으면서 열심히 기도하고 절하는 이유가 거기에 있습니다. 결국은 관세음보살로 다시 태어나기 위해서, 스스로 부처님으로 다시 태어나기 위해서 기도하는 것입니다. 기도의 힘으로 내 가족들이 먼저 힐링을 받아야 됩니다. 힐링 받고 나면 사회에 나가서 힐링을 줄 수 있어야 합니다. 그게 봉사라는 것입니다.

자기 먹고 쓸 것도 없으면서 나와서 봉사한다는 것은 그다지 좋은 모습이 아닙니다. 우선 자기 가족부터 힐링해 주고, 그래도 에너지가 남으면 주위에 따뜻함을 나누어 주는 것이 보기에 좋습니다.

부처님으로부터 자기의 능력을 자꾸 길러서 남는 만큼 남을 주는 것이 원칙입니다. 자기도 아파서 빌빌거리고 다 죽어가면서 남 봉사한다고 하는 것은 크게 칭찬할 일이 못됩니다. 속으로 괴롭고 힘들어 죽을 지경이고, 어디로 갈까 고민하고, 인생 자체가 너무너무 힘든데 어디 나가서 봉사하면 괜찮다는 건 잘못된 판단입니다.

제대로 알고 해야 합니다. 스스로 기도해서 가피 입고 원력 세워서 자기 생활부터도 부처님의 자식으로, 관세음보살의 자식으로 쑥 들어와있어야 합니다. 그런 연후에 부처님을 찬탄 공경하고 공양 예배하고 거기에서 부처님의 자식으로 유유자적하고 너그러워졌을 때 비로소 여유가 있으면 그때 무엇인가를 해야 하는 것입니다.

사람들은 자기 허물은 백 가지인데 남의 허물 한 가지를 보고 욕합니다. 이게 인간살이입니다. 그래서 부처님의 진짜 아들딸로 거듭나서 스스로가 고통 받고 괴로워하고 힘들어하는 거기서 먼저 빠져나와야 합니다. 스스로 기도도 하고 내 마음부터 먼저 힐링하고 몸에 나타난 병이 아니라 마음에 들어 있던 중병을 빨리 없애야 합니다. 나약하고 안일하며 스스로 남 원망하고 괴로워하고 힘들어하고 갈등 일으키고 미워하고 시기하고 질투하는 이 마음부터 먼저 없애야 합니다.

먼저 나부터 바꾸려고 노력해야 합니다. 스스로 부처님께 기도하고 관세음보살께 기도해서 받아들일 것은 충분히 받아들이는 게 먼저입니다. 스스로 역량을 키워서 자기 주위를 다 껴안을 수 있는 사람이 되어야 합니다. 그렇게 되었을 때 내가 부처님의 제자요, 부처님의 아들이요, 부처님의 딸로 사는 것입니다. 자신의 능력도 키우지 않고 남에게 하는 것은 월권입니다. 아무것도 모르면서 남부터 가르친다고 달려들면 잘 되지 않습니다.

나부터 잘하려면 나부터 기도하고 사는 삶이 습관이 되고 버릇이 되어야 합니다. 자기 자신부터 먼저 지심정례할 줄 알아야 합니다. 눈물도 뜨거운 눈물이 있고 차가운 눈물이 있습니다. 그러니까 남편이 뭐라고 말했다고 서운해서 찔찔 우는 그 눈물은 찬눈물입니다. 왜냐하면 내가 속이 상해서 흘리는 눈물이기 때문입니다.

부처님 앞에 가서 진짜 참회로 흘리는 눈물은 뜨거운 눈물입니다. 자기의 잘못을 스스로 참회하고 부처님 앞에 터놓고 이야기하니까 자연스럽게 비워집니다. 비우면 비로소 받아들일 줄 안다는 것입니다. 자기 것 다 비워놓고 나면 받아들일 줄 알게 됩니다.

내 것을 하나도 안 비우고 꾹꾹 눌러서 그냥 오욕락에 가득 차 있으면 더 이상 넣을 수 없습니다. 비울 줄 모르고 그냥 붙들고 있는 것입니다. 꽃피울 수 없습니다. 진짜 꽃 피우려면 나부터 비워내고 양보하고 이해하고 받아들여야 합니다. 그 다음에 인정해줄 때 무언가가 생기는 것입니다. 아무것도 모르면서 잘났다고 설쳐대니까 내 마음이 비워지지가 않습니다.

모든 것은 스스로 생각하기에 달렸습니다. 로또 복권 당첨되어 도망간 사람은 그냥 3년도 안 되어서 망해버립니다. 결국 스스로 기도해서 받아내라는 것입니다. 희망을 가지고 살면서 한 우물을 파듯이 늘 열심히 살아야 합니다. 직업도 그렇고, 가정도 마찬가지입니다. 생각하면 소중하지 않은 것이 없습니다.

요강을 아무리 깨끗하게 닦았다고 해도 식기로 쓸 수는 없습니다. 거기다가 밥을 퍼 담을 수는 없습니다. 그런데 사람들은 그런 어리석은 짓을 정말 많이 합니다. 요강을 그냥 식기로 쓰는 사람이 많습니다. 아는 사람은 요강을 식기로 안 씁니다. 자기의 그릇에 무엇을 담을 것인지 잘 보아야 합니다. 자신의 능력이 어디까지이고 그걸 부처님 앞에 가서 부처님의 자식으로서 어떤 기술을 가졌고, 어떤 마음을 가졌고, 정말 잘할 수 있고, 행복해 할 수 있고, 즐거워할 수 있는 것이 과연 어떤 것인지 물어보고 받아들이는 게 기도입니다.

그것을 스스로 볼 수 있어야 합니다. 흔들어대는 물에는 물체가 잘 보일 리가 없습니다. 달도 흐려 보입니다. 콸콸 흐르는 물에는 달이 보이지 않습니다. 이그러져 보입니다.

그럼 어떻게 해야 할까요? 물을 가져다 가만히 두고 정제를 시켜야 합니다. 어디로 갈까 고민할 때 절에 가서 부처님 앞에 가만히 앉아서 잘못을 하나하나 참회하고 고백하고, 부처님을 공경 찬탄하고 공양 예배하는 시간이 필요합니다. 그러면 내 마음에 흐렸던 탁수는 가라앉고 진짜 나라는 존재를 거기서 만나게 됩니다. 거기에서 진정한 자기를 발견할 수 있습니다. 잘못된 내 모든 것을 하나씩 건져내고 나면 결국은 맑은 물이 됩니다. 구정물을 가지고는 청소할 수 없습니다. 아무리 깨끗한 걸레라도 구정물에 빨아서 그걸로 닦으면 더러워지는 건 똑같습니다. 물이 맑았을 때 청소도 깨끗이 할 수 있는 것입니다.

근본자성이 물이라고 보면 탁수에서는 아무것도 할 수 없지만 맑은 물에서는 밥을 할 수도 있고, 걸레도 빨 수 있습니다. 자기 마음에 탁수가 흘러서 아무것도 하지 못하고 있다는 것을 생각하지 못하고 남만 원망하고 앉아 있어서는 안 됩니다. 이것을 바로 잡아내는 것이 바로 기도입니다. 이것을 끄집어내어 스스로가 혼탁한 이 마음의 물을 깨끗이 정화시켜야 합니다. 그 다음에 부처님을 모시고 부처님의 자손으로서 어떤 일을 하고, 더 많은 사람에게 이익을 줄 수 있어야 합니다.

남에게 그 이익을 주는 것보다 먼저 내 가정을 평화롭게 해야 합니다. 병고액난에서도 건져낼 수 있고 우환질고(憂患疾苦)에서도 건져낼 수 있어야 합니다. 주위가 평화롭고 대화와 소통이 되어야 합니다.

요즘 사람들은 부부끼리도 대화를 한다고 시작해 놓고는 그냥 큰소리가 나고 싸움을 합니다. 부모 자식 간에도 마찬가지입니다. 이것을 부처님 앞에 가서 다 펼쳐놓고 그 대화하는 법을 배워가는 것입니다. 자기를 낮춰서 하심하고 스스로를 저 밑바닥에 두면 안 될 게 없습니다.

하늘 천지인의 모든 조화로움을 그대로 관세음보살의 응신으로 모실 수 있어야 합니다. 거기에 어렵고 고통스럽고 괴롭고 힘든 살림살이를 윤택하게 하는 것은 관세음보살에 의지하고 부처님께 의지하는 길밖에 없습니다.

거기에 신통한 힘이 있습니다. 결국 기도해서 못 이룰 것이 없습니다. 적어도 스스로를 위한 삶이 아니라 우리를 위한 삶이 되고, 가족을 위한 삶이 되고, 자기를 버린 자리 위에 모든 걸 심어야 합니다. 받아들일 줄 아는 삶을 사는 것이 진짜 기도입니다. 그렇게 하면 살림살이는 윤택하게 됩니다.

기도는 자신을 죽이고, 그 가슴속에 모든 걸 받아들일 줄 아는 큰 사람이 되어가는 것입니다. 스스로가 관세음보살 같이 함께 이고득락 할 수 있는 그런 불자로서 거듭나는 게 바로 기도입니다.

마음의 힘으로 기도하라

요즘의 세상살이가 남들에게 폐 끼치지 않는 삶을 살기도 참 어렵습니다. 말 한마디를 잘못하면 몇 배로 앙갚음이 되어 돌아옵니다. 말조심하면서 살아야 합니다. 말조심 잘하는 것도 기도입니다.

스스로가 반듯하게 뜻을 잘 세우고 살면 그것 역시 기도입니다. 가만히 생각해 보면 나라는 존재가 남편을 만나서 가정을 이루고 같이 살아간다는 그 자체가 복이 없으면 안 되는 것입니다. 어린애같이 행동하며 죽을 때까지 철이 안 드는 남편을 보살펴 주라는 것입니다. 복이 많고 능력이 있고 가진 게 많으니까 도와주고 보태주고 사는 것을 오히려 감사해야 합니다.

'지는 게 이기는 것'이라는 말도 있습니다. 남편의 기를 세우고 지는 게 이기는 것입니다. 결국은 내가 못 본 듯이 져주고, 못 본 듯이 살아주는 게 인간관계 잘하는 것입니다. 그러니 받아들이고 인정해 줘야 합니다. 살림살이 잘하자고 하는 기도가 바로 그와 같은 기도입니다.

인간살이를 정말 잘 해야 되는 데도 우리는 늘 인간 교분의 관계에서는 어색함을 가지고 있습니다. 왜냐하면 실질적으로 나라는 존재만 내세우니까 인색해집니다. 사람은 누구나 자기 위주로 살아갑니다. 나 편한 대로 생각하고, 나 좋은 대로 생각하고, 내 마음대로 생각합니다. 인간이 이기주의 아닌 사람이 없습니다.

좋은 데도 이유가 없지만 나쁜 데도 이유가 없습니다. 그러니까 나쁜 것은 쓰지 말아야 합니다. 부처님께서는 늘 선근공덕을 쌓으라고 가르침을 주셨습니다. 열심히 절에 가서 기도하고 발원하고 거기에 맞춰진 삶을 사니까 그게 선행이 되는 것입니다. 선하게 살아가는 행동이 되는 것입니다.

복력이 미쳐서 먹고 사는 게 아니라 그 복력이라는 것은 대대로 미치게 되어 있습니다. 그래서 복 지으라는 소리를 하는 것입니다. 악심을 따라가면 마귀보다 더한 행동도 하게 됩니다. 사람이 독하게 생각하면 한없이 독해집니다. 화를 내던 사람은 맨날 화만 냅니다. 너무 깔끔하고 깨끗하게 정리 정돈을 해놓고 살면 그것도 결벽증이니 정신병의 시초라고 생각해야 됩니다. 대충 좀 이렇게 놔두고 살 줄도 알아야 되는 것입니다. 너무 완벽하고자 하는 사람은 정신병에 걸릴 확률이 높습니다. 그래서 부처님께서는 중도의 삶을 살라고 하셨습니다.

스스로 지면서 살고, 받아들이면서 살고, 밥 사주고 살지 얻어먹을 생각을 하지 말고 살아야 합니다. 아무리 이기적인 생각을 가지고 자기 위주로 살고 스스로 내 것만 가지고 노력하고 사는 것 같아도 피해 안 주고 살 수는 없습니다. 남편에게도 피해를 줬고 자식에게도 피해를 줬을 수도 있습니다. 그런 생각을 가지고 스스로 노력해야 합니다.

사람과 사람이 연결 되어서 살아가는 게 어쩔 수 없는 인간관계입니다. 인간관계에서 보다 능동적으로 상대방을 생각하면서 살아가야 합니다. 대중살이에서는 청규(淸規)를 만들어 놓고 지키고 살아갑니다. 하지마라는 게 바로 청규입니다.

불교에서는 못하게 하는 것이 굉장히 많습니다. 오계도 있고 십계도 있습니다. 보살들은 오계를 지켜야 합니다. 지키지 못 할 일들이 너무 많고 사실은 지키지 않고 살아가는 사람이 너무 많기 때문에 청규를 정해 놓았던 것입니다. 살림살이도 그와 같은 것입니다. 결혼을 해서 남편하고 잘 사는데 옆에 또 딴 남자를 사귀면 청규에 어긋나는 것입니다. 남편 몰래 딴 호주머니 차는 그런 것도 청규에 들어간다고 하면 없애야 되는 것입니다.

불자다운 불자로 거듭나고 스스로가 남에게 폐 끼치지 않는 삶을 살려고 노력해야 합니다. 어지간하면 가정에서는 지고 살기를 좋아하고, 어지간하면 밥을 얻어 먹기보다는 사 주길 바라는 그런 삶을 살다보면 두 다리 쭉 뻗고 마음 편하게 살 수 있습니다. 거친 옷을 입고 맛없는 음식을 먹는 악의악식(惡衣惡食)으로 모은 재산은 악의악식으로 나간다고 합니다.

기도는 마음의 힘이 있어야 되는 것입니다. 심력(心力)이 있어야 한다는 말입니다. 그 다음에 지혜가 있어야 되는 것입니다. 그걸 보고 지력(智力)이라고 합니다. 이렇게 지혜롭게 해나간다면 그 다음에 체력(體力)이 따라줘야 되는 것입니다. 사람이 아무리 좋다고 해도 체력이 안 따라주면 아무것도 못합니다.

금·은·동 가운데 제일 좋은 게 금메달이고, 벨이란 벨은 다 눌러봐도 골든벨이 최고입니다. 최고로 가지고 싶어하면 베푸는 것도 그와 같이 최고로 베풀어야 합니다. 아프지 않고 건강해야 뭐든지 할 수 있습니다. 지혜력도 가질 수 있습니다. 그 다음이 심력이라 마음도 이렇게 잘 쓸 수 있고, 거기에 체력이 받쳐줘야 그것을 행하고 살아갈 수 있습니다.

그와 같은 마음가짐으로 조금 지면서 살고, 조금 손해보면서 살고, 밥 사주는 입장에서 살면 좋습니다. 그것을 선근공덕이라고 하고 그것이 복덕이 되어서 자기 인생에 좋은 영향을 미치고 자손에게도 넘어갑니다.

역족구음리(逆族駒陰裏) 하인귀거래(何人歸去來)

한창일수각(閑窓一睡覺) 가산만봉후(可散萬封候)

빠른 세월 속에 나그네 되어

누군들 돌아가지 않을 이가 여기에 어디 있느냐?

조용한 창가, 한가로운 잠을 깨니

만호를 거느리는 왕후가 부럽지 않다

서산대사의 게송입니다.

스스로가 잠 깨라는 소리는 깨달음과 지혜에 이르라는 말입니다. 근본은 스스로 지면서 살고, 지는 것이 곧 이기는 것인 줄 알아야 합니다. 선물 받는 것보다 주는 입장이 되어서 그렇게 행하다 보면 부처님의 가호지묘력으로 원하는 일들은 다 이룰 수 있을 것입니다.

부처님과 코드 맞추기

건전한 신앙생활을 하는 것은 굉장히 어렵습니다. 건강한 신행생활은 곧 부처님을 믿고 따르고 의지하는 것입니다. 여기에서 어떻게 하면 건강한 믿음이 되고, 어떻게 하면 부처님에게 가까이 가서 이루고자 하는 소원이 이루어질 수 있을까요?

'여몽환포영(如夢幻泡影)'이라는 말이 있습니다. 꿈 같고 물거품 같은 이 세상이라는 의미입니다. 그런 세상을 어떻게 하면 바꿀 수 있고, 내 주위부터 맑게 할 수 있을까요?

각 지역에는 특산품이 있고 또 그 동네마다 명품이 있습니다. 사람들이 많다고 해서 모두 일하고 바쁘게 사는 것은 아닙니다. 어느 동네를 가더라도 쫓아다니며 동네 정보를 다 가르쳐주려는 사람이 있습니다. 또 어떤 선지식이라든지 마음에 선근을 채우고 살아가는 사람은 좋은 말만 하고 동네를 융합시키고 화합시키려고 합니다. 그렇지 못한 사람이 시끄럽게 단체 싸움을 만들고 나쁜 짓만 골라 하는 사람이 있습니다. 어떤 곳이든 한 두 사람이 그렇게 행동합니다.

지어놓은 인연이 없으면 좋은 인연 만나기가 어렵습니다. 만나기 어려운 건 둘째 치고 보기도 어렵습니다. 보기도 어려운데 듣기는 더 어렵습니다. 보고 듣고 만나서 인연 짓는 것만 해도 굉장히 큰 부처님의 은혜라고 볼 수 있습니다. 그렇게 살아가는 사람은 인연이 와도 인연인 줄 모릅니다. 신앙생활에서 우리가 부처님을 믿고 따르고 의지한다는 것은 알고 보면 굉장한 복력을 얻는 것입니다.

생각해 보면 복이라는 게 살아가는 데 큰 일을 합니다. 한 집에도 복 있는 자식이 나면 여러 사람 다 먹여 살립니다. 복 있는 한 사람이 태어남으로써 그 가정이 풀리고 생활이 풀리고 먹고 사는 문제가 풀립니다. 부부간에도 없던 정이 생겨서 화합하고 잘 살며 자식도 말썽 안 피우고 잘 살아갈 수 있습니다. 그런 인연을 짓는 게 사람 하나 잘 두는 것에서 비롯됩니다. 악연으로 안 만나야 되는 사람이 가정에 태어나면 예기치 못했던 일들이 일어나는 것을 볼 수 있습니다.

그러니까 우리가 믿음을 가지고 사는 것이 얼마나 소중한 것인지 알 수 있습니다. 이 세상 살아가는 게 좋은 일보다 나쁜 일이 많습니다. 일어난 일보다 안 일어났지만 마음에 불안한 일이 많습니다.

그렇기 때문에 더욱 믿음을 가지고 살아가야 합니다. 불안하고 힘들고 답답하고 한 치 앞도 못 내다보고 사니까 믿음이 필요합니다. 결국 믿음을 가진 사람이 열심히 살아갑니다.

절마다 찾아가서 천수경, 금강경을 독송하고 앉아 있는 것이 말짱 도루묵일 때가 많습니다. 왜냐하면 머릿속은 딴 데 가 있기 때문입니다. 진실로 부처님께 매달리고 믿는 마음이 들어오지 않으면 아무 소용이 없습니다. 천수경 한 편 할 동안 머리는 온 사방을 다 돌아다니고 앉아 있다면, 결코 기도가 되지 않고 복덕이 되어서 돌아오지 않습니다. 힘들고 고통스럽고 절망스럽고 어디로 갈까 고민하고 부처님 밖에 살 길이 없다고 생각하고 부처님에게 진실로 발원하는 그 마음이 진짜 기도입니다.

입으로야 천수경을 다 줄줄 잘 외우지만 입이 보살이 되어서는 안 됩니다. 마음이 보살이 되어야 합니다. 행동거지 신행생활 자체가 보살이 되어야 합니다. 사회생활도 역시 마찬가지입니다. 사람과 사람 사이에도 부재와 소통이 안 되는 세상입니다. 지금 바로 이 순간 부처님과 소통이 되도록 해야 합니다.

입으로 온갖 경전을 다 독송해도 신심 있는 행동이 없다면 아무 소용이 없습니다. 부처님의 자식으로 가까이 가서 부처님과 소통하고 부처님의 응답을 받아서 가피를 입어야 합니다. 그런 다음 가정부터 살리고 주위부터 살리고 그런 마음을 가지고 신행생활을 해야 합니다. 공연히 여기 저기 휘둘려서 여기 갔다가 저기 갔다가 한 번도 제대로 된 가피를 입어보지 못했다면 진정한 불자라 할 수 없습니다. 부처님과 눈을 맞추며 뜨거운 눈물이 펑펑 쏟아지고 마음속에서 우러나는 부처님의 진실된 본질과 코드를 맞춰 가피라는 것을 입었을 때는 이 집 저 집 안 쫓아다니고 안 기웃거릴 수 있습니다.

뜻 있고 의미 있는 기도는 어떤 것일까요? 불안하고 힘들고 내일 어떻게 될지 모르는 세상에 믿을 것은 오직 부처님과 주파수를 맞추는 일입니다. 믿음은 실상입니다. 부처님 앞에 다짐 받고 희망을 가지고 신심 있게 행동하는 것이 실상이 되어야 합니다. 많은 불자들이 머릿속에 허상만 꿈꾸고 이 절 저 절 돌아다닙니다. 제 정신 못 차리고 살아가는 시대에 한 절이라도 지성으로 다니면서 부처님과 소통하고 신행이 생활화 되어야 합니다. 그래야 거기에서 밝음이 옵니다. 소망하는 것이 있기 때문에 믿음을 가지는 것입니다.

집집마다 들여다보면 다들 힘들게 살아갑니다. 우리가 거기에서 조금 나은 생활이나 더 좋은 발전을 꿈꾸며 행복을 궁극 목표로 삼고 있습니다. 우리가 많은 것을 가지고 있지만 물질은 꿈꾸는 거와 같이 허망한 것입니다. 몸뚱이부터도 영원하지 않습니다. 결코 영원한 것은 없습니다. 영원한 것이 없는데 영원한 것이 있는 줄 알고 착각을 하고 살고 있습니다.

그렇다 보니까 물질에 속아 사는 삶이 됩니다. 그 물질에 속다 보니까 사람도 눈에 안 보입니다. 참회하고 살아가야 합니다. 자신의 유전인자가 천년을 넘게 내려갑니다. 그러면 자손도 내 유전인자를 물려받았으니 나와 똑같은 자식으로 태어나는 것입니다. 결국은 우리가 살아가면서 가정에서부터 화합해야 합니다. 그렇지 못하면 사회에 나와서 직장 생활할 때도 화합하지 못합니다.

이런 사람이 비관하고 원망도 잘 합니다. 나라도 원망하고 사회도 원망합니다. 그 다음에 아내도 원망하고 자식도 원망하는 것입니다. 스스로 까칠하고 어딘가 모르게 덜 떨어진 인간 같고 패배주의에 빠져 있는 사람이 의외로 많습니다.

절에 가서 기도한다는 것은 부처님과 한 통속이 되어 코드를 맞추는 일입니다. 통하고 속하고, 그 속에서 살 수 있는 간절함이 있어야 됩니다. 통하는 것은 부처님으로부터 광명의 빛을 받는 것입니다. 부처님과 소통될 수 있는 내비게이션을 찾아야 합니다. 관세음보살의 염피관음력으로 모든 것은 거기서 이루어집니다. 누가 뭐라고 해도 그 진리는 변함이 없습니다. 요행만 바라고 다행만 바라고 세상을 살아가면 결코 부처님의 가피는 얻을 수 없습니다.

인생은 공짜가 없습니다. 노력하지 않고, 기도하지 않고 응답 받고 이루어질 수는 없습니다. 절에 가서 기도한다는 것이 절만 죽어라고 할 것도 아니고 부처님과 코드를 맞추는 것에 집중해야 합니다. 간절함을 부처님께 전할 수 있어야 합니다. 그 다음에 부처님을 찬탄할 줄 알아야 합니다.

이 세상에 살면서 물질이 영원한 것이 없고 내 몸뚱이도 영원할 수 없는데 영원하다고 착각하는 바람에 부처님도 거꾸로 보이고 세상이 거꾸로 보이는 것입니다. 세상이 거꾸로 보이고 부처님이 거꾸로 보이는 한, 끝까지 물질에 만족할 수 없고 정신적으로도 풍요로울 수 없습니다. 어디로 갈까 고민하고 꼭 이루고자 하는 소원이 있고 인생살이에 있어서 더 많은 것을 나누고자 하는 그 마음에서부터 기도는 시작되는 것입니다.

의무적으로 와서 하고 의무적으로 가고 하는 것이 기도가 아닙니다. 부처님께 맞추고 지극하게 기도하면 거기에서 염피관음력이 생깁니다. 관세음보살을 찾는 힘이 있고 부처님을 찾는 마음이 간절하면 부처님은 나에게 코드를 맞춰주게 되어 있습니다. 어디를 가도 부처님의 품안에서 부처님의 보살핌 속에서 행복할 수 있습니다. 불안함이 없어집니다. 머리로 생각하고 했던 일들은 다 불안하지 않는 것이 없습니다.

부처님의 자식으로 들어와서 산다면 자식된 도리를 해야 되는 것입니다. 경전마다 부처님을 찬탄하는 말이 다 들어 있습니다. 경전만 열면 부처님 찬탄하는 말이 다 있습니다. 여래·응공·정변지·명행족·선서·세간해·무상사·조어장부·천인사·불세존, 이렇게 부처님은 열 가지 명호를 가지고 계십니다. 거기에 찬탄하고 공경하고 공양하고 심지어 부처님 제자들은 왼쪽으로 세 바퀴를 돌고 부처님 발에다가 입을 맞추고 물러나 앉아서 부처님이 설법하기를 기다리고 앉아 있는 모습이 경전에 나옵니다. 그런 간절함이 있어야 하는 것입니다. 대충 왔다가 대충 가고 반신반의하고, 안하는 것 보다 낫겠다는 심정으로 엉뚱한 생각을 가지고 절에 다니는 경우가 많습니다.

믿음이 없을 때는 그게 까칠함으로 나타날 수 있습니다. 부처님은 용서할 줄 모르면 먼저 죽음을 당하고 남을 어렵게 할 수 있다고 말씀하셨습니다. 스스로 용서하지 않는 한 마음은 죽은 것처럼 하루도 편할 날이 없습니다. 정신병 우울증이 딴 게 아니라 마음이 어두운 데서 옵니다. 처음에는 금방 웃고 뛰다가 돌아서서 푹 수그려져 있는 게 우울증입니다. 우울증은 반드시 극복해야 할 병입니다. 누구에게나 우울 증상은 있을 수 있습니다. 자신을 용서하고 남에게 관용을 베풀면서 극복해야 합니다.

뜸을 깊이 들여야 구수한 밥이 되듯이 스스로 기도를 열심히 하면 가피라는 것은 한순간 오는 것입니다. 천수경, 금강경을 독송하기 전에 부처님부터 찬탄하고 부처님과 코드를 맞춰서 내 마음에 있는 것 다 드러낼 때 진정한 기도가 됩니다.

미혹 중생을 떨쳐 버리고 해탈하고 지혜로운 사람이 되도록 하기 위해서 기도하고 살아야 합니다. 절에 기도하러 갈 때 마음하고, 집으로 올 때 마음이 달라서는 안 됩니다. 마음속에 진실로 믿는 마음이 있으면 열 일을 젖혀놓고도 기도하러 가야 합니다. 지극하게 부처님과 눈을 마주치고 어렵고 힘들면 힘들수록 고통과 괴로움이 배가 되면 될수록 즐거움이나 기쁨이 넘쳐나면 넘쳐날수록 쫓아가서 부처님을 찬탄해야 합니다.

마음으로 믿어야 되고 마음으로 의지해야 합니다. 마음에 부처의 진불이 있는 것을 스스로 알아내고 드러내고 밝혀내야 합니다. 부처님과 코드를 맞추는 일은 마치 내비게이션을 틀어놓고 그냥 편안하게 운전하는 것과 같습니다. 불안하고 쫓기고 자다가도 벌떡벌떡 일어나고, 죽으면 어떻게 할까 늘 망상심으로 살아가는 게 중생입니다. 여기에서 벗어나는 방법은 진실한 기도밖에 없습니다.

신앙이라는 것은 마음속에 진실한 기도가 싹트고 그것이 키워지는 것입니다. 그때부터 부처님과 같은 코드로 맞아 들어가게 되어 있습니다. 천 군데 만 군데 돌아다녀도 소용이 없습니다. 한 군데에 내 마음을 정하고 정말 제대로 부처님과 코드를 맞추면 소원은 이룰 수 있고 성취할 수 있습니다. 마음속에 이루고자 하는 갈망하는 그런 일들이 이루어질 수 있습니다.

그걸 못하는 이유는 부처님을 만나도 찬탄할 줄 모르고 공경, 공양할 줄 모르고 예배할 줄 모르고, 스스로 어떻게 기도해야 될지 모르기 때문입니다. 제대로 된 신심 있는 생활을 하려면 불교의 진수를 알고 나가야 합니다.

부처님께서는 "진실로 나를 믿고 나를 따르는 자를 버리지 않을 것이니 내 아들딸로 거둬들여서 나는 그 자가 이루고자 필요한 것을 다 주겠다"고 말씀하셨습니다. 그게 바로 백우거입니다.

크리스마스 때가 되면 산타 혼자 사슴을 타고 와서는 선물 하나 걸어놓고 갑니다. 그게 바로 녹거라는 것입니다. 법화경에서 빼앗아간 것입니다. 경전에서 양거, 우거, 녹거, 백우거라고 했습니다. 양거, 녹거는 작은 사슴입니다. 소승을 이야기 하는 것입니다. 양거, 녹거는 작은 양이 끄는 수레인데 반해 백우거는 흰 소가 끄는 수레입니다. 이것은 힘이 굉장히 셉니다. 백우거에다가 많은 선물을 싣고 자식이 걷는 것조차도 보기가 안타까워서 그냥 그 위에 태워서 '나는 너희들에게 모든 필요한 것을 주리라!' 이렇게 선포하신 분이 바로 부처님입니다.

기독교에서 교묘히 이용해서 겨우 가져간 게 녹거입니다. 사슴이 끄는 수레 하나 가져가서 잘 쓰고 있습니다. 우리는 백우거라고 소의 수레에다가 그냥 있는 대로 선물 싣고 나눠줍니다. 그것이 바로 부처님의 가르침입니다.

그와 같이 힘들고 고통 받는 모든 것을 부처님은 아시고 능히 그것을 구제해 줍니다. 찾고 구하고자 하는 것을 부처님께 기도하고 의지하면 그것이 구해지고 구경에는 이고득락하는 부처가 된다는 게 법화경 가르침의 핵심입니다.

그래서 일생 성불이라는 말이 나오는 것입니다. 지금 해야 될 일은 간곡하게 바르고 신심 있는 믿음의 기도가 중요한 시기입니다. 부처님과 진짜 코드를 맞추고 생각을 맞추고 습관과 버릇을 부처님처럼 다시 업로드해 가지고 부처의 습관과 버릇으로 바꾸는 것이 진실한 불자로서의 도리입니다. 그것이 바로 부처님의 자식으로 거듭나는 일입니다.

그렇게 할 때 마음속에는 불안한 감도 없고, 미래에 대한 두려움도 없고, 주위 사람에 대한 어떤 미움이나 시기 질투가 없어집니다. 부처님께서는 항상 자비한 것을 우선 순위에 둡니다. 마음에 원결을 맺고 있을 동안에는 가시밭길이고 마음이 죽어 있고 남을 괴롭히려는 마음이 앞서게 됩니다. 죽이는 일은 그만하고 부처님을 위하고 우리의 살림살이가 기도하는 살림살이가 근본이 될 수 있도록 살아가야 합니다. 그 일이 가정에서부터 시작이 되어야 하고 절에서부터 시작이 되어야 합니다.

기도는 부처님과
주파수를 맞추는 일이다

　신라나 고려시대에는 불교가 국교일 정도로 왕사나 국사가 전부 스님들이었습니다. 그렇게 하면서 불교가 융창하고 번창하여 많은 일을 해 나갔습니다. 믿음이 으뜸이었을 때 그렇게 불교가 일어났습니다. 그 역사가 오늘날까지 뿌리가 이어져서 아직까지도 불자로서 그 명맥을 유지하고 있습니다. 그러나 불교에 대한 바른 믿음, 바른 생각, 바른 각오를 가진 진정한 불자들이 이 시대에는 많지 않은 것 같습니다.

　어떻게 하면 불교를 다시 고려 때나 신라 때처럼 융성하게 만들 수 있을까요? 불교가 창성하게 되려면 어떻게 해야 할까요? 불교를 대충 믿고 그냥 막연히 믿어서는 안 됩니다. 어떤 것이 불교인지 정확하게 모르고 이 절 저 절 방황하며 가는 곳마다 축원장을 쓴다고 뜻대로 이루어지는 게 하나도 없습니다. 왜냐하면 믿음의 사이클이 맞지 않기 때문입니다.

요즘은 손에 가지고 다니는 스마트 폰처럼 언제든지 전화를 걸면 부처님이 받을 수 있고 부처님이 언제든지 나를 찾으면 부름을 받을 수 있을 만큼의 어떤 사이클이 딱 맞아져 있어야 합니다. 그게 기도입니다. 그런 기도를 하고 원력을 세우고 그렇게 지극히 찾는 가운데서 가피를 입는 것입니다. 그렇게 하지 않고 막연하게 저리로 가고 이리로 가고 불자들이 찾아 헤매고 있습니다.

그런데 한 군데도 가서 제대로 해 보는 것이 없습니다. 서로 통하려면 기도 이상이 없는 데도 기도는 빼먹고 요행만 바라고 자꾸 돌아다닙니다. 그냥 여기 가면 뭐가 좋다고 하더라, 여기 가서 빌고 나니까 소원이 이루어진다고 하더라는 식으로 해서는 진정한 믿음을 가지기 어렵습니다. 진정한 불교 신자가 없는 시대를 우리가 살아가고 있기 때문에 이렇게 힘들어하고 고민하는 것이 아닌가 하는 생각이 듭니다.

372년 고구려 소수림왕 때 한반도에 불교가 전파되었으니 1,600년이 넘는 역사를 가지고 있습니다. 그런데 1866년 영국의 선교사 토머스로부터 전파된 150년 남짓한 역사를 가진 개신교에도 밀리는 현실입니다. 불자들이 우리나라에 2천만이 된다고 하는데 실제로는 그 절반에도 못 미치는 현실을 심각하게 생각해 보아야 합니다.

　그냥 산중에 앉아서 신자들이 갈길 몰라 방황하고 힘들어서 그 높은 산까지 힘겹게 올라갔더니 차나 한 잔 마시고 가라는 소리를 하니 불자들은 당황하는 것입니다. 뭔가 듣고 싶고 아주 갈증을 느껴서 산중까지 찾아다니면서 갈 길을 알고자 하고 살 길을 알고자 하고 정말 소구소망(所求所望)을 바라는 대로 이루고자 하는 간절한 마음으로 갔는데 차나 한 잔 하고 가라고 하면 어떻게 해야 할지 방황하게 됩니다. 이렇게 불자들을 헤매게 만들어 놓았습니다.

　그러니 정확한 핵심을 짚어서 부처님의 가르침대로 해서 부처님께 의지하고 부처님 법에 의지해서 진실되게 믿고 의지하면 못 이룰 소원이 없습니다. 집집마다 그렇게 힘들고 고통스럽고 괴로운 일들을 털어놓고 싶고 기도하고 싶은데 절에 가면 알아듣지도 못하는 소리만 합니다. 지금 원하고 바라는 것은 한마디도 못하고 엉뚱한 소리만 자꾸 듣다가 그냥 돌아오게 됩니다.

　이래서 갈 길 몰라 헤매게 만드는 게 불교가 되어 버렸습니다. 진정한 불자가 어디로 가야 될지 고민하고 방황하고 자기를 이끌어줄 선지식이 없는지 고민을 하는 데도 막상 찾으려면 쉽지 않습니다. 누구나 한번쯤 지금까지 살아오면서 수없는 마장과 힘듦을 겪고 고통을 당합니다. 믿고 의지했다가 배신당하는 경우도 많습니다. 그런 힘든 일을 겪는 가운데 오늘에서야 믿고 의지할 곳은 부처님밖에 없다는 생각을 가지고 지독하게 믿은 사람은 진정한 연꽃을 피울 수 있습니다.

절이 산중에 있다고 산중에 가야 연꽃을 피우고 보살도를 이루는 것이 아닙니다. 어디를 가든 정말로 갈구하고 염원하며 내 절이라고 생각하고 주체성을 가지고 믿고 의지하면 그곳에서 바로 연꽃을 피울 수 있고, 보살도도 이룰 수 있는 것입니다. 그럴 때 원만하게 모든 성취를 이룰 수 있습니다. 산중에 들어가 바위틈 밑에서 기도한다고 반드시 이루어지는 것은 아닙니다.

억불정책이 500년 지속되어 불교가 핍박받고 억압받고 갈 데 올데 없으니 산중으로 다 숨어들었습니다. 그래도 부처님을 의지하고 믿고 불상을 걸망 속에 넣어 가지고라도 산 넘고 물 깊고 첩첩산중 골짜기로 들어갔습니다. 거기에서 부처님을 예경하고 지극하게 발원하던 절들이 지금의 산중 절이 되어 있습니다. 경주의 황룡사지나 익산의 미륵사지를 보면 그 시절에는 큰 절들이 다 수도 안의 평지에 세워졌습니다. 사람들이 많이 사는 데가 명당입니다. 달리 명당이 있는 게 아닙니다.

스스로가 복잡 난해하고 힘들고 정말 고민스럽게 살면서도 고민인 줄 모르고 살아갑니다. 지금 스스로가 어떻게 소외되고 외로워지고 힘들어진 것도 모르면서 각박하게 메마른 가슴만 안고 살아가고 있습니다. 집안에 있기만 좋아하고 믿음도 온전하게 세우지 못하고 사니까 부처도 어디 가고 없고, 보살도 어디 가고 없습니다. 그냥 물질에 속아서 한평생 살아갑니다. 그러다가 나이가 들어서 여기

저기 아픈 데가 생기고 종국에는 병들고 그렇게 생을 마치는 것입니다. 정말 내려놓을 것은 물질입니다. 믿고 의지했던 사람도 내려놓고 진짜 내가 의지할 것은 부처님 한 분 밖에 없고 관세음보살 밖에 없다는 사실을 자각해야 합니다.

절에 가서는 정말 이루고자하는 소원을 간절히 끌어내야 합니다. 부처님과 정확한 주파수를 맞추어야 합니다. 확 터져버리고 나면 그때부터는 스스로가 갈 길을 알고 올 길을 알게 됩니다. 행주좌와어묵동정이 내 속에서 일어나고 요동치고 만들어져 가는 것을 알게됩니다. 그 다음에는 스스로가 절에 가서 보시하고 공덕 짓고 복덕지어 놓았던 그것을 밑천 삼고 인연이 되어 새벽같이 불공 때 안 빠지고 열심히 기도하고 같이 동참합니다.

그것이 자손에게 복덕이 되어 내려가는 것입니다. 그 씨앗이 엉뚱한 자리에 떨어지는 것이 아닙니다. 세상에서 제일 아름다운 것은 기도가 자식에게 미칠 때입니다. 기도해 주지도 않고 막행막식하고 사는 그것만 들여다보고 속 끓이지 말고 절에 가서 한번이라도 더 엎드려 부처님과 눈 맞추고 기도해 보아야 합니다.

불교는 지금 참선이다, 수행이다 해서 사람들이 거기에 빠져 있습니다. 자기 자신이 정말 어디로 갈지 모르면서 멋 부리고 여유 부리고 있습니다. 콩이 튀는 데도 스님은 앉아서 유유자적하고 차 마시라고 합니다. 냉정하게 보면 우리가 꿈 속에 살고 있습니다. 꿈 깨고 살아야 합니다. 내 가정에서 말 못하는 고통과 괴로움이 한두 가지가 아닌데 그것을 덮어놓고 묻어놓고 점잖은 척 가서 천수경 한 편 독송하는 게 불교가 아닙니다.

정말 힘들고 어렵고 고통스러운데 어디로 갈까 고민하고 힘들 때, 갈 길 몰라 방황 할 때 부처님에게 길을 물을 수 있어야 합니다. 진실로 갈 길을 가르쳐 달라고 울고불고 매달려 보아야 합니다. 자기 속에 있는 한스러움을 다 털어내 버리고 그렇게 하면서 지극하게 기도해야 합니다. 그러다 보면 그 가운데서 부처님이 절로 나타납니다. 복력이 거기에서 쌓이고 그 복력이 쌓이면 내 남편도 풀리고 내 자식도 풀려 나가는 것입니다.

자기 몸뚱이를 살리려고 자기를 아는 현상과 같습니다. 몸살이라는 것은 자기 몸을 자기가 살리려고 치 떨고 살 떠는 현상입니다. 알고 보면 자기 몸뚱이 자기가 살리려고 몸살앓이를 하는 것입니다. 그렇게 몸부림치고 괴로워하고 힘들어 할 때 진짜 그것을 드러내놓고 부처님에게 가서 도와 달라고 애원해 보아야 합니다. 그럴 때 대자대비하고 거룩하고 일체종지 다 아시는 부처님께서는 도와 주려는 마음을 내는 것입니다. 스스로 거기에 매달리고 가슴에 응어리지고 한이 지고 맺혔던 것을 부처님 앞에 가서 기도한다면 반드시 들어줄 것입니다.

부처님을 믿는다는 의미로 예전에는 무조건 선하게 살아라고 이야기 했습니다. 21세기에는 그게 안 통하는 시대입니다. 신라시대나 고려시대 불상을 들여다보면 전부 법화경이 들려져 있습니다. 법화경은 신앙의 중심에 있었습니다. 일체종지 깨달음을 얻으셨고 복력을 가진 부처님께 귀의하는 것은 당연합니다. 중생 놀음만 하던 중생이 오늘에서야 눈뜨고 보니까 부처님의 아들이었음을 깨닫게 되는 것입니다. 부처님의 아들로 태어났는데 부처님을 잊어버렸다는 것을 헷갈려합니다.

육체라는 것은 남녀의 윤회로 나라는 존재의 몸이 태어났지만 단지 몸뚱이를 두고 하는 소리가 아니라는 것입니다. 몸이라는 것은 태가 들어서 거기서 났지만 본래 자성자리가 바로 부처의 자리이고 부처의 자식이란 말입니다. 기도를 통해 그것 찾으라는 것입니다.

법화경에는 일체종지를 깨닫고 중생들의 어렵고 힘들고 고달픔을 해결하고자 그 불타는 화택에서 구해내고자 한다는 말씀이 있습니다. 중생의 살림살이가 거기에 멈춰져 있는 모습이 안타까워서 일체종지를 깨달은 이후에 제도하기 위해서 화엄, 아함, 방등, 반야의 세계를 설하셨습니다. 그러고 나서는 다 버려라고 하셨습니다. 법화경을 믿음으로 똘똘 뭉쳐서 대 일불승으로만 끌고 가서 스스로 부처되는 길을 가르쳐 주셨습니다. 부처님의 아들로서 그렇게 한다고 나와 있습니다.

이걸 교묘하게 교회에서 가져가서 엉뚱한 소리를 만들어버렸습니다. 아버지, 아버지 하니까 개신교도들이 법화경을 팔십 프로를 다 베껴서 신약성서를 만들었습니다. 이 부분은 정확하게 비교하고 분석하고 공부하고 연구했던 민희식 교수가 말한 것입니다. 법화경을 공부하고 비교를 해보니까 이만큼 법화경을 베껴서 우리가 할 소리를 자기네들이 지금 하고 있다는 것입니다.

그러니까 우리는 스스로 선에 빠지고 자기 마음에 빠지고 근본자성 찾으려고 애를 쓸 때 이미 이걸 가져가서 오로지 자기들은 아버지, 아버지만 찾으니 되더라는 말입니다. 똘똘 뭉쳐서 지금은 어디를 가서 봐도 교인이 득세 안하는 곳이 없습니다. 불자들은 그냥 이래도 좋고 저래도 좋고 흥얼거리니 다 좋다고 하고 그냥 가만히 있습니다. 이래서는 안 됩니다.

이걸 바로 보고 정신 차려야 합니다. 이제는 믿음의 불교를 해야 합니다. 어떤 선의 불교나 나만 깨닫는 불교가 아니라 믿음이 선이고, 선이 믿음이라는 것을 알아야 합니다. 지극하게 스스로 관세음보살 앞에 가서 할 말 다 해가면서 관세음보살을 칭송하고 찬탄하고 공경하고 공양하면서 스스로 그 마음속에 있는 모든 것을 확 가져다 드러내 볼 수 있어야 합니다. 그 속에서 지혜가 나옵니다.

관세음보살의 지혜가 나오고, 부처님의 지혜가 나와서 살림살이가 발전하게 되어 있습니다. 지금 고통 받고 힘든 것에서 일어날 수 있는 힘과 용기가 거기에서 솟아오르는 것입니다. 마음속에서 물질로만 끊임없이 쫓아가니까 엉뚱한 일이 일어나고 심지어 고독감이 일어납니다. 그 다음에 자괴감을 일으키고 부끄러워하고 괴로워하고 힘들어 합니다. 이러는 게 전부 거기에 속고 있는 것입니다. 스스로가 이 모든 것을 맡겨놓고 의지해버리면 그냥 끝나버립니다.

해결은 부처님께서 해 주십니다. 지금이 바로 절실히 요구되는 믿음의 불교가 주창되는 시기입니다. 그렇지 않으면 평생 끌려다니며 살게 됩니다. 불교가 흔적조차 없어질 수도 있습니다. 인도에 불교가 자취를 감추듯 결국 승화시키지 못하고 마음속에 주창하는 믿음이 약하기 때문에 모든 것이 흩어져 버립니다.

부처님께서는 소소영영(昭昭靈靈)해서 비치지 않는 곳이 없습니다. 부처님을 상징하는 것이 바로 광명입니다. 미혹중생을 깨치게 하고 어둠을 몰아내는 데는 빛 밖에 없습니다. 부처님께서는 일체종지를 깨닫고 빛과 지혜로서 오셨습니다. 그렇기 때문에 미혹하고 어둡고 쓸데없고 어리석은 모든 것을 여기에서 한 방에 깨부수는 소리를 하는 것입니다. 마음의 눈을 떠라는 것입니다. 그리고 직접 보라는 것입니다.

부처님께서는 이렇게 가르쳤습니다.

"여러 선남자여, 과거 한량없고 끝이 없고 불가사의 아승지겁 전에 부처님이 계셨는데 일월등명불이고 여래, 응공, 정변지, 명행족, 선서, 세간해, 무상사, 조어장부, 천인사, 불세존이었다. 그 다음에 정법을 설하시니 처음도 훌륭하고 중간도 훌륭하고 끝도 훌륭했다."

이 말은 마음속에 있는 아승지겁 전에 이미 본래 부처였다는 것입니다. 부처의 자식이니까 크면 부처가 되는 것입니다. 그런데 미혹중생이 스스로 그걸 덮어놓고 닦지 않고 방일하고 그냥 묻어놓고 있다는 것입니다. 그래서 육도윤회 노름에만 빠지고 물질에만 속고 현형(現形)하는 것에만 속아서 결국은 진실된 그 마음을 보지 못하고 진실된 그 가르침을 보지 못하는 것입니다. 진실된 그 빛을 보지 못하니까 마음은 끊임없이 육도윤회하게 되어 있습니다.

탐심, 진심, 치심의 모든 무명 업장을 육체를 중심으로 갈아 젖히니까 돈만 있으면 최고인 줄 알고 살아갑니다. 명품만 휘두르면 최고인 줄 알고 그냥 돈으로 해결 안 되는 게 없다고 생각합니다. 하지만 돈으로 안 되고 해결 안 되는 일이 한두 가지가 아닙니다. 자식을 돈으로 살 것 같았으면 지금 자식 키울 사람이 한 사람도 없을 것입니다. 다 내다버리고 새로 만들 것입니다. 지금 있는 자식이 완벽하게 마음에 드는 사람은 없을 것입니다.

그런데 그게 마음대로 안 되는 것입니다. 마음속에 있는 버려라, 버려라 하는 것이 내 욕락이라는 것입니다. 탐하고 성내고 어리석은 마음을 버리라는 것입니다. 이런 삼독심을 참회하고 내 마음에 응어리졌던 것을 부처님과 관세음보살 앞에 풀어놓고 그 다음에 스스로 받을 준비를 하고 있으라는 것입니다.

강하고 대단하게 자식을 키우려면 노력하는 만큼 더 강하게 만들어줘야 합니다. '너 혼자 노력해 봐라' 이렇게 계속 뒤에서 훈수나 두고 가르쳐 주는 그런 독한 마음가짐이 필요합니다. 우리나라 사람들은 죽을 때까지 자식을 끼고 있습니다. 그러면서 속을 끓입니다.

이런 것을 부처님께 다 풀어내야 합니다. 영혼에 때가 묻은 육도 윤회하는 그 마음에 맺혀 있는 원결을 다 풀어내야 합니다. 정말 밝은 마음이 되었을 때 부처님을 의지하고 따르고 믿고 순종하고, 스스로 부처님을 찬탄하고 공경하고 공양하고 예배하면 그만큼 부처님의 자식으로 거듭나게 됩니다. 그러면 영체가 밝아지기 시작합니다. 거기서 지혜 문리가 터지기 시작하는 것입니다. 그러면 갈 길이 보이고, 살 길이 보이고, 알 길이 보입니다. 의지하고 믿으면 해답이 보입니다.

천 군데 만 군데 다 돌아다녀 봐도 믿음이 없이는 한 가지도 이루어지는 것이 없습니다. 큰 절에 가서 도사 스님이라고 만나 봐도 하는 소리라곤 다 똑같습니다. 절이 아무리 잘 지어져 있어도 부처가 아무리 잘 조성되어 있어도 영험이 없으면 아무 소용이 없습니다. 스스로 영험을 있게 만들고, 스스로 영험을 가지게끔 만드는 것이 진짜 불자가 되는 것입니다.

그것은 믿음으로서 이루어지는 것입니다. 부처님과 코드가 맞아지고 부처님과 하나가 되었을 때 이루어집니다. 그렇게 생각들을 좀 바꿔야 합니다. 믿지 않고 따르지 않고 의지하지 않고 스스로 바라는 것만 자꾸 얻으려 하면 어떤 소원도 이룰 수가 없습니다. 스스로가 정확한 일침을 잡고 주인공 노릇을 하라는 것입니다. 행주좌와 어묵동정에 정확히 끌고 다니는 이 몸뚱이의 진짜 주인공과 정확하게 드러내어 부처님과 맞추고 관세음보살과 맞추면 이루지 못할 일이 없습니다.

거기에서 기도라는 것을 꼭 해야 합니다. 해도 되고 안 해도 되는 것이 기도가 아닙니다. 새벽이든 낮이든 절에 가서 기도하는 그 불자의 자식들을 보면 거의 다 잘 되어 있습니다. 그저 땅에 떨어지는 씨앗이 아닙니다. 자식에게 다 떨어지는 복력입니다. 스스로 그것을 믿지 않고 의지하지 않고 어디가면 요행수나 있을까 하고 물어보는 것은 잘못된 태도입니다.

믿고 따르고 의지해서 그 사이클만 딱 맞아버리면 영원불변의 진리를 볼 수 있고 받을 수 있습니다. 그 속에서 살아가는 것을 스스로 알 수가 있는 데도 그와 같이 하려고 노력하고 기도할 생각은 안 하고 요행수만 바라고 있다는 것입니다.

참선해서 뚫는 것보다 스스로 살아온 것을 부처님 전에 참회하는 게 더 빠릅니다. 육도윤회하게 되고 이렇게 된 이 모습 전체를 그냥 부처님 앞에 드러내놓고 참회하고 기도해야 합니다. 잘못한 것이 많지만 솔직하게 부처님 앞에 의지하면 이와 같이 부처님은 가피를 분명히 주게 되어 있습니다. 그렇기 때문에 나의 아버지인 것입니다. 그것도 좋은 아버지인 것입니다. 나의 모든 것을 들어주실 수 있는 부처님입니다. 단지 고아로 살고 스스로 찾지 않고 코드가 맞지 않기 때문에 고통속에 살고 있는 것입니다.

이런 것을 생각해서 앞으로는 법화경에 의지해서 믿음의 불교로 거듭나야 합니다. 부처님과 코드를 맞추고 내 마음에 응어리지고 괴로워하고 힘들어하고 고통스러웠던 모든 것을 부처님 앞에 가서 완전히 풀어내버려야 합니다. 부처님의 지혜 복덕을 받아서 살림살이가 증장되고 지혜 문리가 터져야 합니다.

제대로 된 믿음을 가지려면 꾸준하게 해 봐야 합니다. 봄에 씨앗을 뿌려놓고 가을에 곡식을 거두는 것과 마찬가지로 잠시 잠깐 하는 것이 하니라 꾸준하게 열심히 해야 합니다. 그런데 머릿속으로는 열심히 해야지 하면서도 중생의 놀음에 먼저 신경 쓰다 보니까 항상 기도는 뒷전이 됩니다. 그렇기 때문에 기도의 응답이나 가피력을 기대하기는 어렵습니다. 모든 것을 열고 숨기지 말고 부처님께 드러내 놓고 먼저 참회의 기도를 시작해야 합니다.

그래서 항상 믿음이 최우선입니다. 마음속에 있는 응어리나 괴로움이나 잘못된 모든 것은 풀어놓고 하루라도 빨리 부처님의 응답을 받아야 합니다. 부처님의 지혜로움을 가지고 살림살이가 증장하고 발전해 나가는 삶을 살아야 합니다.

기도는 마음의
빈 공간을 들여다보는 것

요즘 절에 다니는 보살님들은 어떻게 보면 촛불과 같습니다. 그냥 바람만 불면 꺼져버리고 오지도 않고 가지도 않고 보지도 않고 듣지도 않으려고도 합니다. 신심이 장작불이 되어서 피어나야 되는데 그렇지 못한 것 같습니다. 그 이유를 가만히 들여다보니 근본적으로 불심, 믿음이 없기 때문입니다. 진실한 믿음이 없으니까 대충 왔다 갔다 하다 말고, 또 선종을 추종하다 보니까 자기 마음을 잘 닦으면 부처되는 줄 알고 있습니다. 그렇지 않으면 또 기복으로만 쫓아갑니다. 이런 모습이 현재 불교의 모습이고 불자의 현실입니다.

자신이 하루에 얼마나 기도하며 사는지 한번 돌아볼 필요가 있습니다. 먹고 자고 그냥 중생의 업식으로 살고 있습니다. 불자라면 불자답게 기도하고 사는 삶이 아름다운 삶입니다. 기도하는 그 삶이 부처님을 바르게 따르고, 바르게 의지하는 삶입니다. 기도는 접어두고 날이면 날마다 자기의 업식대로 살아갑니다. 어쩌다가 기도하러 절을 찾아가서 분위기에 빠져서 따라주는 차만 마시다가 내려오는 경우가 허다합니다. 도심에 있는 사찰을 찾아가서는 사주팔자 풀어 내 놓고 이야기하는 데에 솔깃해 합니다. 그 이상의 진실한 기도는 없고 진실한 마음이 없다 보니 허망하게 세월만 보냅니다.

사생자부요, 인천의 스승이신 석가모니 부처님께서 살아가신 모습만으로도 우리에게 큰 가르침을 주십니다. 부처님께서는 아무런 부족함이 없는 왕자의 삶에서 사문유관을 하고는 과감히 모든 것을 벗어던지고 숲으로 들어가셨습니다. 설산 고행의 어렵고도 힘든 고통과 괴로움을 스스로 떠안고 수행하는 모습은 인간으로서 쉽게 할 수 없는 일입니다. 출가하여 그 고난의 세월을 거쳐 보리수 아래에서 성도하는 모습까지 보여 주셨습니다.

어렵고 힘든 고통과 괴로움을 참아내고 이겨내는 그 모습에서 우리는 무엇을 배우고 실천해야 할까요? 중생들은 고통 받고 힘들어하고 괴로워하며 어디로 갈까 방황하고 살아갑니다. 살아도 늘 불안하고 내일은 또 어떻게 될까 하는 수만 가지의 고민을 안고 살아갑니다. 부처님께서 보리수 아래에서 선정에 든 후 성도하는 모습을 보여 주신 것은 우리 모두에게 그 괴로움의 바다에서 나오라는 메시지입니다.

불자의 근본에는 부처님의 그 가르침 자체를 믿고 따르고 의지하는 마음이 있어야 합니다. 그게 없으면 항상 흔들리는 삶을 살 수밖에 없습니다. 수행해서 깨달음을 얻기 이전에 부처님의 가르침은 생활 속의 불교입니다. 우리의 삶이 삼계화택의 불타는 집 속에 사는 것과 같고 오욕락에 놀아나는 삶입니다. 다시 말하면 속박의 존재에서 벗어나지 못한다는 말입니다. 어디에 속박이 되고 불안하고 초조하고 긴장하고 늘 이렇게 살고 있습니다.

이것을 어떻게 해야 할까요? 부처님은 6년 동안 난행고행을 하면서 중생들의 힘들고 어렵고 고통스러운 그 삼계의 화택을 모두 짊어지셨습니다. 부처님께서 보리수 아래서 6일 동안 앉으셔서 일체종지를 요달했다는 것은 그 모든 고통과 괴로움을 한방에 타파한 것입니다. 그렇기 때문에 부처님을 믿으라는 것입니다.

수행이 안 되는 진짜 이유는 자신의 마음속에는 나 아닌 내가 너무 많이 있기 때문입니다. 자기 안에는 진짜 나라는 존재만 들어있지 않습니다. 내 안에 나라는 존재가 수없이 많습니다. 그릇 그릇이 다르고, 가지 가지로 다르고 자리 옮긴 곳마다 그 나라는 존재가 다르게 나옵니다.

남편의 자리에서 나오는 나라는 존재가 다르고, 아버지라는 자리에서 나라는 존재가 다르게 나옵니다. 또 동료라는 것에서 만난 나라는 존재가 다릅니다. 심지어 핍박 받고 원망 받고 울화통이 터질 때 나도 모르게 울컥하며 화내는 나가 나옵니다. 때때로 세상을 다 뒤집어 버리고 싶어하는 그런 나라는 존재로 표출되기도 합니다. 그러니 내 안에 나라는 존재가 너무 많다는 것입니다. 이렇게 해서는 결코 성불을 할 수 없습니다. 이것은 중생심입니다. 중생심을 그대로 가지고 중생의 업식대로 행동하면 성불과는 점점 거리가 멀어집니다.

산에 가서 삼을 잘 캐는 사람을 보고 심마니라고 말합니다. 그 삼을 또 잘 파는 사람을 돈마니라고 합니다. 이것도 저것도 아닌 사람을 똘마니라고 합니다. 세상사가 그와 같습니다. 나는 과연 어디에서 무엇을 하고 있는지 매 순간 점검해야 합니다. 남 앞에 많은 것을 내가 가르치고 머릿속에 든 것으로 회향해 줄 수 있는지 점검해 봐야 합니다. 또 내가 기술을 가지고 남에게 회향해 줄 수 있는지, 내가 말로서 불성을 실어서 회향해 줄 수 있는지 스스로에게 물어봐야 합니다. 자신을 들여다보는데 그 가운데서 믿음이 제일 중심에 자리잡아야 합니다. 내 마음에 부처님을 믿고 의지하는 마음이 아주 철저하게 일어나 있어야 합니다. 그러면 그 속에서는 망상심이 자랄 수 없습니다.

망상심이 생길 때마다 절을 찾고 부처님께 공양 올리고 많은 사람들의 공통된 기도를 먼저 올려야 합니다. 예를 들면 가정이 우환 있는 사람은 우환 질곡 벗어나게 해주고, 국가는 안정되고 평화롭게 해주고 경제는 발전하고, 질서가 잘 서 있는 그런 사회가 되게 해달라고 먼저 기도해야 합니다. 그 다음에 내 가정도 그와 같이 삼재팔난 관제구설 면하게 해달라고 기도해야 합니다. 그것이 모두의 공통된 바람입니다.

옛날 어머니들은 장독 위에 물을 떠놓고 기도했습니다. 처음에는 왜 그렇게 하는지 잘 몰랐습니다. 그런데 점점 크면서 그게 진짜 기도였고, 그게 가정을 위하는 길이었고 가족을 위하는 길이었음을 느끼게 되었습니다. 기도에서 사랑이 영글어 가는 것입니다.

아이들을 따라다니면서 '이렇게 커라, 저렇게 하지 마라' 하고 온갖 잔소리를 다 해도 그 아이는 삐딱하게 나가기가 쉽습니다. 차라리 기도하는 모습을 보여주고, 어머니가 정말 눈물을 흘리면서 기도하는 그 모습을 봤을 때, 자식들의 생각이 달라지고 느낌이 달라지기 시작합니다. 그렇게 기도하던 어머니 모습을 보고 자란 아이들이 커서 성공한 사람이 됩니다. 부모 때는 지지리도 못 살고 가난하고 어렵고 힘들었습니다. 그때는 동네마다 말도 못하게 어려웠습니다. 그래도 그걸 다 이겨낸 그 힘은 바로 그냥 장독 위에 물을 떠놓고 빌고 또 빌었던 기도 덕분입니다. 그렇게 기도하면서 살아도 어머니라는 존재를 드러내지 않고 뜨거운 눈물을 펑펑 흘리며 기도했습니다.

사랑한다는 마음속에 부처님을 믿고 따르고 의지하는 진정한 마음이 있어야 합니다. 대부분 사랑한다 해놓고 싸움이 일어나기 일쑤입니다. 나는 너를 사랑하는데 너의 사랑은 어떤 사랑이냐며 공격하기도 합니다. 아무리 부모로서 자리를 지켜가면서 열심히 하더라도 그 전부가 그대로 자식에게 전달되지는 않습니다. 사람과 사람 사이에 더 잘 알고 더 사랑하고 더 좋아하고 더 위한다고 하는 행위들이 정작 본인에게는 그 반대로 받아들여지는 경우가 허다합니다. 알고 보면 오히려 그게 가슴에 상처를 주는 것입니다.

그러니까 근본은 자신을 한 번 더 들여다보고 자신은 썩어서 밀알이 될 생각을 한 번도 하지 않습니다. 스스로 받아들이고 내 속에서 그냥 업력을 녹이려 아무리 노력해도 내 속을 마음대로 뒤집을 수 없을 때 기도하는 것입니다. 어렵고 힘들고 고통스럽고 내 주위의 모든 것들이 교통정리가 안 된 것을 정리해 달라고 간곡하게 매달려 보고 눈물이 철철 흐르도록 기도하는 일은 결국 자신의 빈 공간에 사이클을 맞추는 일입니다. 마음의 빈 공간을 들여다 보는 것입니다.

산림기도의 의미

세시풍속(歲時風俗)이란 관습적으로 반복해온 민속적인 풍습을 말합니다. 그 중에서 정초에 해당되는 세 가지를 이야기 하면, 음의 기운이 끝나고 양의 기운이 시작되는 동지를 기시(起始)라고 하고, 일 년이 바뀌어 새날이 시작되는 설날을 연시(年始), 입춘을 시작으로 해서 24절기가 바뀌니 절시(節時)라고 합니다.

동지 즈음이면 사찰에서 일주일 동안 산림기도를 하게 됩니다. 나무를 빡빡하게 심어 놓고 잘 가꾼 것을 보고 산림이라고 하듯이, 일백사위 신중의 가호지묘력을 입고자 집중기도를 드리는 것을 산림기도라고 합니다. 중생의 기세간(器世間)이라는 것은 알고 보면 음과 양의 조화로 맞어서 돌아갑니다.

이렇게 일백사위 화엄성중을 청해서 기도하는 것은 거기에는 일체 신들이 다 있기 때문입니다. 신들도 상·중·하로 나누어 놓았습니다. 상단·중단·하단 이렇게 일백사위가 나누어져 있습니다. 중단에 보면 칠성이 있습니다.

제일 처음에 금강역사부터 시작해서 이렇게 상·중·하로 신들도 나누어져 있습니다. 일백사위라는 신령스러운 신들을 다 청해서 공양을 올립니다. 정초 산림불공을 하면 등상이나 부처님이나 관세음보살을 조성하고 거기에 점안을 합니다. 그렇게 모셔서 거기에 많이 모인 대중들이 모여서 경전을 독송한다든지 풍악, 퉁소, 징, 꽹과리를 치면서 옹호를 합니다. 그처럼 정초에 일백사위를 청해서 가정사부터 기도하기 시작합니다.

21세기는 굉장히 빠른 속도의 시대입니다. 한 동네에 전화 한 두 대 있을 때도 방송을 하면 달려가서 전화 받던 시대도 이렇게 바쁘지 않았습니다. 지금은 호주머니에 전화를 넣고 길을 가면서도 받으면서도 그렇게 바쁘게 살아갑니다. 어떻게 보면 사람들이 여유가 없어졌고 느긋함이 없어졌습니다. 세상이 급박하게 돌아가다 보니까 감정이 메말라버리고 없어졌습니다.

인정머리라고는 없는 세상을 우리가 살아가고 있습니다. 옛날 사람들을 가만히 보면 건강하고 가족 화목하면 만족하였습니다. 그게 행복이었습니다. 건강하고 어른들 공경하고 열심히만 하면 밥 먹고 살았습니다.

요즘 사람들은 공부 열심히 하고 직업 좋은 것 가지고 돈 한 푼이라도 더 받는 데 가고 싶어합니다. 이것만 있으면 행복한 줄 생각합니다. 사람들의 생각이 그만큼 바뀌어져 버렸습니다. 초등학교도 들어가기 전부터 좋은 곳에 보내려고 애쓰고 남보다 조금 더 많이 시키려고 애씁니다.

그렇게 했는 데도 결국 행복할 수가 없습니다. 진짜 행복이라는 것은 내 마음에 있는 것입니다. 옛날에는 감성을 메마르게 하지는 않았습니다. 거기에는 여유가 있고 그래도 윗사람 보면 인사할 줄도 알고, 아랫 사람 챙길 줄도 알았습니다. 학교 가면 스승에게는 당연히 도리할 줄 알아야 하는 것으로 배웠습니다.

공부는 못해도 인사 잘하면 '아이고, 너 착하구나!' 뛰어다니면서 놀아도 '아~ 건강하구나!' 라고 했습니다. 그런 세상에서 무엇이 진짜 중요할까요? 열 살 전에는 삼신이 보호해 주고, 내 몸 역시도 일백사위신중의 가호지묘력으로 늘 보호를 받고 있습니다. 부처님을 열심히 모시고 봉양하고 부처님 제자로서 산다면 화엄성중들이 따라다닙니다. 신장들이 보호해 줍니다. 그래서 신장과 동수정업(同修淨業) 하는 사이가 되는 것입니다.

그런데 행복의 기준과 가치가 달라진 이 세상에서 어떤 기도를 해야 할까요? 요즘은 길에만 나가도 사람보다 차가 더 많은 것 같습니다. 그러니 차조심 길조심 해야 됩니다. 길을 잘 알아야 하는 것도 그만큼 복잡한 세상을 살아가고 있다는 증거입니다. 어떻게 보면 도로신이 있어서 정말 차조심 길조심을 해야 할 것 같습니다. 일백 사위할 때 도로신이 나옵니다. 주산신이 있고 주강신이 있고 주방신이 있고 주하신이 있습니다. 이렇게 전체를 다 아울러서 신중에 가호지묘력을 입고자 정월에 산림기도를 합니다.

부처님은 자비하신 분이지만 신장들은 그렇지 않습니다. 잘못하는 건 잘못한다고 하고, 잘하는 건 잘한다고 합니다. 그러는 게 신중들의 어떤 역할이기 때문입니다. 산에 나무를 심듯이 가꾸는 게 산림입니다. 집안에 들어가면 부엌 살림하는 그것도 살림입니다. 살림살이 산다고 합니다. 그릇을 하나 사더라도 살림 하나 사들여왔다고 합니다.

요즘은 시간도 각자 다르게 살아갑니다. 밥 먹을 때라도 서로 이야기라도 좀 하고 근황이라도 물어보고 어떻게 돌아가는지 이렇게 다독거리지 않으면 할 말이 별로 없습니다. 밤 12시, 1시가 되어서 들어오니까 '그래 빨리 먹고 자라'고 말하면 끝입니다. 한 집에 살아도 정이 없어집니다. 아무리 열심히 해줘봐야 애들은 초·중·고등학교 때까지 그냥 죽으라고 공부만 합니다. 대학 들어가서 좀 놀다가 또 공부하고 자기 길 갑니다.

산림기도를 할 때는 저 산에다가 나무를 빽빽이 심고 그걸 가꾸듯이 내 살림살이도 그와 같이 하라는 것입니다. 남편이라는 나무를 심고, 부모라는 나무를 심어야 합니다. 심기 위해서 심었던 게 아니라 이미 존재하던 나무입니다. 친정 아버지 어머니, 내 옆에 있는 형제들은 이미 존재하고 있습니다. 새로 만든 건 내 남편과 내 자식입니다. 그러면 그걸 전체적으로 아울러서 잘하면 됩니다. 부모 모시기 싫고 형제들 꼬락서니 보기 싫으니까 어디로 가버립니다. 그냥 돈 좀 되니까 이민 가버리면 그만입니다. 그리고는 연락 한 번 안 합니다. 이런 살림살이는 잘 사는 게 아닙니다.

정말 살림살이를 잘하려면 부엌 살림부터 잘 살아야 합니다. 부엌 살림 정말 잘하는 게 아내의 역할입니다. 그 다음에 시집을 갔으면 시부모나 친정부모나 주위 사람을 잘 가꾸고 보듬고 안아주는 게 살림살이입니다. 그런데 그런 살림살이에서 '나'라는 존재의 희생심이나 희사심이 필요합니다. 그런 마음이 없으면 회의심이 생깁니다.

부모의 자리에 있으면서 자식에게 최선을 다하고, 아내의 자리에 있으면서 남편에게 최선을 다하고 남의 며느리로 들어와 있으면 그 직분에 최선을 다하면 되는 것입니다. 자기 일을 안 하면서 자기 편을 만들려고 하니까 문제가 생기는 것입니다.

이 세상에 고통스럽지 않은 사람은 없습니다. 세상에 태어나서 늙고 병들고 죽는 것은 당연한 이치입니다. 태어나서 어머니, 아버지 애 먹인 것 생각하면서 역시 자기 자식을 키우면서 들여다보면 하루에도 몇 번씩 감정이 오르락 내리락 합니다. 다 그렇게 키우고 그렇게 살았습니다. 자기가 편안하려고 하다 보니까 계속 주위 사람들을 힘들게 합니다. 결국 살림살이 잘하는 것은 스스로 하심하고 발심해서 마음을 비우는 것입니다. 알고 보면 살림살이 잘하는 것은 절에 가서 지심정례하고 집에 가서도 그와 같이 하는 것입니다. 그러면서 행주좌와어묵동정이 늘 한날 한시가 되는 것입니다.

스스로 깨침을 알아야 됩니다. 수행이 아니라 깨침이 있어야 됩니다. 태양이 밝으면 밝을수록 내 옆에 내 그림자가 없어지지 않습니다. 닦는다고 닦아 없어지지 않습니다. 쓸고 닦아봐야 그림자가 없어지는 게 아닙니다. 스스로 '아~! 내 그림자구나!' 하고 알아차릴 줄 알아야 합니다. 그게 깨달음입니다.

마음이 혼탁할 때는 가만히 앉아 있어 보아야 합니다. 그럼 갈 길이 보이기 시작합니다. 구정물을 막 일구어 놓았는데 그 물을 가지고 걸레를 빨아서 딴 것을 닦으면 오히려 더러워집니다. 깨끗한 물로 청소를 해도 닦으려는 마음을 계속 생기게 해야 하는데 물이 더러우면 그 물로 닦아봐야 소용이 없습니다. 그런데 그 물을 가만히 놓아두면 그대로 깨끗해집니다. 그와 같습니다.

그래서 마음에 가지가지 갈래갈래 번뇌 망상심을 조금 쉬어주면 되는 것입니다. 그렇게 쉬면서 들여다보는 것입니다. 그러면 스스로 정화가 되고 안정이 되어서 갈 길이 보입니다. 거기에서 기도의 어떤 보임이 있고 응답이나 가피라는 것도 입게 됩니다.

정신이 혼탁해져 번뇌 망상심으로 가득 차서 이것저것 욕심 부리고 색성향미촉법 부딪치는 대로 전부 자기 것이라고 고집하면 평안을 얻을 수 없습니다.

요즈음은 안정되게 살아가는 게 정말 힘들고 어려운 세상입니다. 두 눈 뜨고 정신 차리고 살아가기에 너무 어려운 세상입니다. 세상이 그렇더라도 스스로가 마음을 내어서 나라도 정신 차려야지, 나라도 지켜야지 하는 마음을 내라는 것입니다.

이런 하심하는 바닥에 나를 가져다 놓으면 번뇌 망상의 그 탁기가 가라앉고 맑음이 보입니다. 맑음 속에서 큰 고기가 놀 수 있습니다. 스스로 알아서 대처할 힘이 보입니다. 그게 원력이 되는 것이고 그게 바로 기도입니다.

오탁악세에서 헤매는 번뇌심으로 절에 가서 산림기도에 집중하면서 마음을 가라앉혀 볼 필요가 있습니다. 신장은 늘 가르쳐주고 부처님이 늘 가르쳐주고 관세음보살은 늘 우리 앞에서 대성자모로서 갈 길을 다 비춰줍니다. 스스로가 혼탁하니까 알아듣지 못할 뿐입니다. 가르쳐줘도 모르고 쥐어박아도 모른다는 것입니다.

꿈자리만 조금 시끄러우면 어디 가서 묻기는 잘합니다. 어디 가서 묻기 전에 스스로 정신을 맑게 해 보았는지 물어봐야 합니다. 깨끗한 물을 가지고 청소를 하듯이 깨끗한 물을 가지고 내 마음을 비춰봐야 합니다.

저 사람이 나를 미워하는지 싫어하는지, 정말 저주하는지 이런 것은 그 사람 옆에만 가도 기운으로 다 느껴집니다. 말 한마디 안 해도 상대방과 코드가 맞는지 안 맞는지 다 압니다. 그것은 상대적인 것입니다. 눈빛만 보아도 으르렁거리는 부부 사이도 많습니다.

사람은 때 묻은 사람이 좋고 옷은 새 옷이 좋다고 합니다.

불교를 믿는다면 윤회를 믿어야 되고 과보를 안 믿으면 믿을 게 없습니다. 스스로 중생의 때를 계속 그런 식으로 덕지덕지 붙이고 사니까 자신의 처지가 서글퍼지는 것입니다. 남이 그렇게 한 게 아닌 줄 알아야 합니다. 그 자리에서부터 정신 바짝 차리고 스스로를 깨닫고 알아차려야 합니다.

스스로 자기 그림자를 닦지 못하듯이 스스로 나라는 존재의 실상에 대해 알아차려야 합니다. 그러면 거기서 보이는 것이 있고 그때부터 안정이 됩니다. 닦는다는 것은 안정하는 것입니다. 내 마음에 오탁악세 흐려졌던 탁한 물이 조용히 가라앉도록 기다려 보는 것입니다. 조용하게 마음을 들여다보는 게 닦는 것입니다.

일백사위 모든 도로신이나 주산신이나 주방신이나 주강신이나 집안에서부터 모든 신들이 다 옹호를 해서 한해 살이가 작년보다는 발전하는 살림살이가 되어야 합니다. 부부간에는 화합하는 살림살이가 되고, 자손을 잘 키워내는 살림살이가 되고, 부모에게는 잘 공경하는 살림살이가 되기 위해서 산림기도를 하는 것입니다.

스스로의 살림살이를 잘하고자 하는 것이 결국 산림기도의 목적입니다. 거기에는 다른 의견이 개입할 게 없습니다. 스스로 좋아서 해야 되고, 스스로 하심해서 해야 되고 내가 스스로 그와 같이 살기를 원해야 합니다. 원력을 세워놓고 하면 그 속에서 생각하는 진정한 도리나 진정한 삶이 밝은 쪽으로 유도될 것입니다.

그렇게 된다면 원력은 늘어나고 업력은 줄어들고 스스로의 살림살이에 밝음은 있고 어둠이라는 게 없습니다. 원래 어둠은 실체가 없습니다. 불만 켜면 밝아집니다. 우매해서 스스로 지혜롭지 못해서 어둡고 캄캄하게 살았던 것입니다. 스스로가 지혜 문리를 터뜨려가면서 불만 확 밝히면 지혜 광명이 터져 나옵니다. 부처님의 자식이니까 그런 생각을 가지고 산림기도를 해야 합니다.

증장된 내 삶을 살기 위해서 자신을 희생하려고 생각해 보아야 합니다. 부처님 말씀대로 자기 자신은 없는 삶을 한번 살아봐야 합니다. 그 생각을 가지고 살면서 기도에 임하면 남편부터 좋아할 것입니다. 나아가 시부모, 자식들이 좋아할 것입니다. 마침내 주위 사람들이 다 좋아할 것입니다.

절에서 보면 한심한 보살들이 참 많습니다. 아는 것도 없으면서 정말 잘난 체하는 보살들은 전체 분위기를 흐리게 만듭니다. 불자라면 뭔가 자기를 버린 자리에 자리이타 정신이 심어져 있어야 합니다. 나를 버리고 나면 정말 시원해집니다. 그리고 나면 더 담을 수 있습니다. 밥만 자꾸 먹고 화장실 안 가면 배 터져 죽습니다. 이틀 사흘만 화장실 안 가면 세상에 이것이 제일 힘든 걱정이 생기는 것입니다. 먹는 대로 받아들여 먹지만 내보내는 것도 그와 같이 내보내야 하는 것입니다.

결국은 늘 공으로 사는 것입니다. 아무것도 없는 말에 속고 물질에 속고 소리에 속고 형상에 속아서 스스로 고민하고 괴로워하고 힘들어 합니다. 밝은 삶을 살고 지혜로운 삶을 산다는 것은 결국 스스로 버린 자리에서부터 시작됩니다. 우리가 그런 생각을 가지고 살면 정말 제대로 된 불자의 도리를 하고 사는 것입니다.

살림살이를 잘하도록 하면 부엌도 더 반짝반짝 깨끗하게 해놓을 거고 냉장고 안에 썩었던 것 다 꺼내어 버리게 됩니다. 그렇게 정리 정돈 해놓고 안 먹는 것은 과감히 그냥 버려야 합니다. 두 달 석 달 가도 냉장고 속에 쳐 박아 놓는 것은 전부 없애야 합니다.

삼일수심천재보(三日修心千載寶) 백년탐물일조진(百年貪物一朝塵)
삼일 동안 닦은 마음은 천년을 가도 보배가 되고
백년을 탐한 재물은 하루아침에 먼지가 된다

자경문에 나오는 말씀입니다. 3일만 해도 천년의 보배인데 7일을 하면 플러스, 플러스 해서 더 보배가 될 것입니다. 백년 동안 탐한 재물은 아무리 애착을 갖고 살아도 죽을 때는 다 헛일입니다. 미타세계는 '무유중고(無有衆苦) 단수제락(但受諸樂)'이라고 합니다. 아미타부처님이 계시는 곳은 고통과 괴로움이 없는 곳이고 늘 즐거움만 있는 곳이라는 말입니다.

그곳에 대비되는 삶을 사는 게 우리 불자들의 삶이 되어야 합니다. 그러면서 늘 속지 않고 스스로 밝음에 깨어 있다면 산림기도 끝에는 가정 만사가 원만 성취될 것입니다.

꿈꾸는 불자가 되라

일엽홍련재해중(一葉紅蓮在海中) 벽파심처현신통(碧波深處現神通)

작야보타관자재(昨夜寶陀觀自在) 금일강부도량중(今日降赴道場中)

한 잎사귀 붉은 연꽃이 바다 가운데 있어

푸른 파도 깊은 곳에 신통을 보이셨으니

어젯밤 보타낙가산에 계시옵던 관세음보살

오늘은 이 도량에 친히 왕림하셨네

중국 당송팔대가의 한 사람인 소동파의 여동생 소소매가 지은 게
송입니다. 경전을 한 자 한 자 쓰는 사경은 알고 보면 부처님의 정
수를 논하는 일이고, 내 안에 부처님의 피가 흐르고 있다는 의미를

가집니다. 궁극적으로 절에 가서 관세음보살을 친견하거나 어떤 소원이 있어 지극한 발원을 하면 언젠가 그 일이 이루어집니다. 그 이유는 관세음보살이 증명하고 자기의 마음도 그와 같이 원력을 세웠기 때문입니다. 합일이 되니까 이루어지는 것입니다. 합일이 안 되면 절대 이루어지지 않습니다. 그래서 스스로가 원력을 세우고 발원한 만큼 이루어지는 것도 거기에 맞춰서 이루어지는 것입니다.

부처님께서 법화경에서 제일 먼저 하신 말씀이 "오천 비구, 비구니가 떠난 자리에서 왜 부처님을 그렇게 논하냐?"고 하니까 "일대사인연으로 왔기 때문"이라고 하셨습니다. 한마디로 부처님께서는 법화경을 설하기 위해서 일대사인연으로 오셨다는 것입니다.

법화경 서품에 보면 "그때에 부처님은 미간백호상으로부터 광명을 놓고 동쪽으로 일만 팔천 세계를 골고루 빠짐없이 비추셨습니다"는 구절이 나옵니다. 조용히 선정에 드신 상태에서 일만 팔천 세계를 비췄다는 말이 처음에 나옵니다.

법화경을 보고 잘못 이해하면 '이게 무슨 꿈꾸는 소리인가? 뭐 이렇게 황당무계한 소리를 하나?'고 생각할 수도 있을 것입니다. 사경을 하면서 들여다보면 '중생의 삶과는 전혀 매치가 되지 않는 이런 황당한 말씀을 하시나?'고 생각할 수도 있습니다.

믿음의 뿌리가 완전히 깊게 들어가면, 일만 팔천 세계를 비춰봤다는 것은 마음속에 있는 가지가지의 생각들이 일만 팔천 세계보다 더하다는 말입니다. 마음은 시시때때로 변합니다. 그 세계가 때에 따라서는 천상의 세계처럼 아주 즐거웠다가, 때에 따라서는 지옥을 헤매는 것처럼 고통스럽습니다. 또 때에 따라서는 인천, 사람의 세계에 와 있는 것처럼 보이기도 합니다. 내 마음에 가지가지 일어나는 그 번뇌 망상들이 알고 보면 일만 팔천 세계보다 더할 수 있습니다. 때에 따라서는 부처의 세계도 보이고, 때에 따라서는 천상세계도 보입니다. 또 때에 따라서는 지옥세계도 보이고, 옆에 사람이 다 부처로 보이다가도 순간적으로 그냥 적으로 보일 때가 있습니다. 이렇게 변화무쌍한 마음의 변화를 겪으며 살아갑니다.

이것을 스스로가 법화경의 내용대로만 생각하면 도저히 동방으로 일만 팔천 세계를 알아낼 길이 없습니다. 그런데도 21세기를 살고 있는 지금 이 세상은 허공 중에 미진수의 지구와 같은 세계들이 이 우주공간에는 무한대로 뻗어 있습니다.

지금까지 태양계에 대해 아는 것은 수·금·지·화·목·토·천·해·명 그렇게 수성부터 시작해서 지구를 거쳐 명왕성까지의 별의 세계를 이야기 합니다. 부처님은 이미 우주과학이라는 소리도 하기 이전에 수많은 미진수의 세계가 우리 지구와 같이 존재하고 있다고 하셨습니다.

그래서 그 많은 세계를 다 비춰볼 때 유리로 만든 세계도 있고, 부처님이 계시는 세계도 있고, 너무나 평탄하고 그냥 금은보화로 깔려져 있는 그런 세계도 있다고 이야기합니다. 그와 같은 세계들이 무수히 있는데, 인간의 세상이 태초에 나타난 이후에 오늘날까지는 끝없이 육도윤회로 살아왔습니다. 때에 따라서는 짐승으로 오고, 때에 따라서는 사람으로 오고, 지옥세계나 천상세계나 이 육도를 벗어나지 못하고 살아왔습니다. 다람쥐가 쳇바퀴를 빠져나오지 못하듯 늘 그 쳇바퀴 속에서 육도를 윤회하면서 사는 삶이 오늘에 이르렀습니다.

윤회의 세계에 살면서 완전한 열반 적정의 부처 세계를 이루는 것이 최상의 목표입니다. 누구나 불성의 종자 씨앗은 다 가지고 있으면서도, 싹을 틔우지 못하고 기르지 못하는 바람에 늘 육도를 윤회하는 중생으로 사는 것입니다.

이제까지 스스로 공부하면서 수행이 불교라는 생각을 하고, 수행을 해야만 불교가 이루어진다고 생각했던 그 마음에서 법화경에 오면 믿음으로 함축됩니다. 믿음 없이는 한 발짝도 내디딜 수 없다고 강조합니다.

법화경 제일 서품에서 미간백호상으로 부처님께서 일만 팔천 세계를 그렇게 비춰서 두루 보여줬다는 것은, 그 마음이 광대무변하다는 것을 의미합니다. 그래서 이런 세계들을 스스로가 느낌으로 알고 이것을 가슴으로 깊이 절실하게 믿어야 인정이 되는 삶입니다.

법화경은 거기서부터 시작하는 것입니다. 그래서 그 다음 비유품에서 '화택중생'이라고 했습니다. 불타는 집에 비유해서 말씀하셨습니다. 그 안에서 자식들이란 부처님의 자식이라는 말입니다. 중생이 아니라 부처님의 자식이라는 것입니다.

집에는 궁궐이 지어진 지가 오래 되어서 낡고 닳아서 그 속에서 쥐도 있고 벌레도 있고 수많은 마귀들도 있고 귀신들도 있고 음산한 그 기운 속에서도 무조건 그냥 놀이에만 빠져서 살려고 하는 그 자식들이 너무나 안타까운데, 그 가운데 또 불이 났습니다. 자식들은 놀이에 빠져서 나올 줄 모르고 부처님은 그 놀이에서 자식들을 건져내기 위해서 각각의 자식들이 좋아하는 것을 수레에 가득 실어다 놓고는 한 명씩 불러냅니다. 자기가 좋아하는 것을 이렇게 가져왔다고 하니까 모두 뛰쳐나와서 이번에는 그 수레에 반하는 것입니다. 백우거라는 큰 수레에 자식들이 좋아하는 모든 것을 다 담아서 앞에는 그 수레를 끄는 사람을 두고, 뒤에는 또 혹시나 떨어질 수도 있고 해서 자식을 보호하는 하녀까지 두어서 구해냅니다.

진정 절에 다니면서 스스로가 마음 비우러 간다거나 공부하러 절에 간다는 이런 생각은 어떻게 보면 가식적인 불교라고 이야기 할 수 있습니다. 진짜 이루고자 하는 소원이나 원력은 다 숨겨놓고 마음 닦으러 절에 간다고 합니다. 마음속에는 자식이 시험에 붙어야 되는데, 몸이 아프니 몸부터 낫고 싶은 게 내 마음이고, 남편이 부도가 나서 죽을 지경인데 절에 가서 내 마음 비워야지 하고 앉아 있는 사람은 별로 없습니다. 실상이 그러면 절에 가서 부처님께 울면서 매달려야지 겉으로 아닌 체하면 안 되는 것입니다.

그래서 화택중생을 건져내어 그 백우거에 자기들이 좋아하는 것마다 다 실어줬다는 것은 괴로워하고 힘들어하고 고통스러워하는 그것을 벗어나게 해주고 원하는 것부터 들어주겠다는 부처님의 본심의 표현입니다.

그렇지만 법화경을 공부하면서 문자에 매여서 그것만 읽고 지나가는 것 또한 상견중생이 됩니다. 경학을 많이 공부한 스님은 아주 대단한 학승이라 하고, 화두를 잡고 선을 많이 공부했으면 선승이라고 말합니다. 그런데 경학을 많이 공부한 스님도 들여다보면 그 문자에 걸려서 문자를 보는 것에만 치우칠 우려가 있습니다.

그래서 부처님 법에는 법도 법 아님도 없다고 경책의 말씀을 하셨습니다. 법이라고 주장할 것도 없지만 또 법이 아니라고 이야기할 것도 없다는 것은, 법이든 법이 아니든 알고 보면 그 법 속에 있다는 말입니다. 문자에 매이지 말고 들여다보면 내 자식이 지금 무엇을 하는지 보입니다. 명예를 추구한다고 공부를 열심히 했다면 그 기도에 응답을 해서 그것을 먼저 이루어주겠다는 것입니다. 몸이 아파서 고통스러워하고 괴로워하고 힘들어 하면 사백 사병으로 죽어가는 중생들을 거기서 꺼내 자기의 병에 맞는 약을 주시는 게 부처님의 마음입니다. 그것을 믿어야 합니다.

불자 중에서도 꿈꾸는 불자가 되어야 합니다. 지극하게 기도하면 이루고자 하는 것을 부처님이 이루어준다는 꿈을 꾸어야 합니다. 근본이 부처님의 자식으로 와서 이미 불성을 가지고 있고 유전인자에는 부처님의 유전인자가 흐르고 있으니, 바로 보는 순간 모든 것이 이루어진다는 믿음을 가져야 합니다.

'중생공양이 제불공양이다'는 말이 있습니다. 중생들에게 공양하는 게 제불을 공양하는 것이고, 부처님 공양하는 것과 같다는 말입니다. 그럼 부처님과 자신이 동수정업(同修淨業) 하는 사이가 됩니다. 중생이 따로 있고 부처가 따로 있는 것이 아니라는 것입니다.

부처님의 자식이니 아버지를 믿고 따르고 의지하고 이루고자하는 게 있으면 거기에 매달려서 열심히 기도하면 당연히 이루어지게 되어 있습니다. 이루어지게 되어 있는 그 꿈을 꾸어야 합니다. 그러면 기도를 간절하게 할 수 있습니다. 이렇게 믿으면 기도는 자연히 이루어지게 됩니다. 기도와 선이 둘이 아니고 기도와 경학이 둘이 아닙니다. 진실로 부처님 앞에 가서 의지하고 부처님의 가르침대로 받아들여서 부처님을 믿고 따르고 의지하고 공경, 공양하고 찬탄하면 그 속에서 당연히 이루어집니다. 그런데 대부분 불자들은 반신반의하고 앉아 있는 것입니다.

불자들의 제일 큰 병폐가 바로 완전하게 믿지를 못하는 것입니다. 완전하게 믿고 들어가야 인정이 되는데 완전하게 믿지 못하고 반신반의하는 데서 계속해서 긴가민가하고 앉아 있기만 합니다. 여기에서 부처님이 백우거라는 것에 원하는 것을 다 실어줬다는 것은 원하는 것을 다 이루어준다는 의미가 내포되어 있습니다. 아픈 데 없이 장수하길 바라고, 부부 사이에 화합하고, 자식들은 말 잘 듣고 공부 잘하고 남편은 원하는 대로 출세 했으면 좋겠고, 살아가는 것은 더 윤택해져서 많은 사람에게 이익된 삶을 살게 했으면 좋겠다는 등 소원하는 바가 이루어지게 해 주겠다는 것입니다. 그런데도 믿음이 부족해서 끈 떨어진 연처럼 혼자서 팔랑거리다가 결국은 나무에 걸려 어디에 떨어졌는지도 모르고 그대로 없어지는 것입니다.

부모처럼 분명히 부처님으로 존재하고 있는 데도 부처님을 믿지 않으니 자기 마음대로 머리 쓰고 잔꾀 부리고 궁리만 하게 됩니다. 그러다보니 돌아볼 기회는 점점 더 없어지고 부처님과의 거리는 천리만리로 멀어지고 있는 것입니다.

바람이 많이 불면 늦춰주고 바람이 적게 불면 또 팽팽하게 당겨주고 끊어지지 않도록 늘 연결되어 있어야 합니다. 스스로가 부처님과 지속적으로 연결되어 있지 않다는 것입니다. 집에 가버리면 끊어진 연이고 절에 가면 그냥 바짝 당겨가지고 앉아보지만 그것도 바람에 터져버릴 것 같고 이렇게 힘든 삶을 택해서 살아갑니다.

가고, 오고, 앉고, 눕고, 자고 할 동안에도 부처님과의 이 인연을 꼭 쥐고 있어야 합니다. 그것을 아주 적당히 긴장해서 당기고 있는 그 마음이 바로 불법의 도리를 아는 것입니다. 어디를 가도 부처님과 한 사이클이 되어 있고 맞춰져 있는 데도 그 사실을 모르니까 절 따로 집 따로 살고 있는 것입니다.

증(證)

마음의 고요를 얻다

법화행자로 산다는 것

가는 세월은 누구도 막을 수가 없습니다. 젊으면 젊은 대로 연세가 있으면 연세가 있는 대로 무언가를 바라면서 살아갑니다. 그런데 이것 또한 버려야 할 집착입니다. 누구나 목표를 세우고 그렇게 살아가겠다는 생각을 할 수는 있지만, 현실에서 보면 내일 당장 어떻게 될지 그것은 누구도 모르는 일입니다.

그렇지만 오늘 당장 힘들어도 내일을 위한 꿈을 꿀 수 있습니다. 어떻게 살면 좋겠다, 혹은 어떻게 되면 좋겠다는 꿈은 자신의 꿈이니까 그 꿈은 누구도 막을 수 없습니다. 그러니 꿈꾸고 살 수 있는 것만 해도 우리는 행복하고 즐겁습니다.

우리의 마음은 내일을 보장할 수 없지만 적어도 오늘은 꿈을 꾸고 살 수 있고 믿음이라는 것을 거기에 두고 살 수 있습니다. 자신이 보장할 수 없는 것을 관세음보살이나 부처님께 의지할 수 있습니다. 불자들은 관세음보살에게 의지하고 부처님께 의지해서 그걸 보장 받으려고 하는 심리가 있음을 부정할 수 없습니다.

부처의 세계나 보살의 세계를 떠나서 중생의 세계는 중생의 룰이 있습니다. 그 중생의 룰에서 벗어나서 십지를 이루어서 보살이 된다든지, 일체종지를 깨달아서 부처로서 이루어진 삶을 살든지 이 고통과 괴로움과 어려움에서 벗어나고 싶어하는 게 중생계 사람들의 소망입니다.

그렇다면 어떻게 믿는 게 올바른 믿음일까요?

관세음보살 앞에 가서 진짜 보살의 세계를 이룰 수 있는 그런 청정보살의 정신을 가지고 있어야 합니다. 부처의 세계를 이루고자 하면 정말 부처님처럼 일체종지를 이루겠다는 마음이 늘 상주되어 있어야 합니다. 믿으면 확 믿고 달려들어 보든지, 믿는 것 같은데 어떻게 보면 믿음이 없고, 믿음이 없는 것 같은데 그래도 물어보면 불자라고 하는 어중간한 태도는 싹 버려야 합니다.

관세음보살의 가르침에 의지하고 부처님을 진실로 의지한다면 믿음을 가져야 합니다. 믿음이 기준이 되면 그 다음엔 배움이 필요합니다. 배우지 않고 믿으면 자칫 맹신에 빠지기 쉽습니다. 스스로가 부처님의 가르침을 알려고 노력하고 그만큼 공부를 하고 이해를 하고 부처님 가르침대로 행하는 것이 중요합니다. 그러면 거기에서 이루어지는 것이 있습니다.

보장된 미래는 없어도 근본 믿음의 불성 주춧돌을 세우게 되면 그 믿음 속에서는 내일의 불안감이 없습니다. 부처님을 의지하고 살면 오욕락이 없어지기 시작합니다. 부처님의 가르침대로 살게 되면 중도의 삶이 꼭 이루어지게 되어 있습니다.

스스로가 어떻게 하는 것이 부처님을 믿고 마음을 얻는 것이며 닦는 것인지 근본을 받아들이는 마음 가운데서 보살행을 실천해야 합니다. 믿었다 하면 이해하는 공부를 하고 이해하는 공부를 했으면 행해야 합니다. 가르침대로 행하다 보면 그 가운데서 보장된 삶을 살아갈 수 있습니다.

불자라면 부처님 가르침대로 살고, 와서 행하고 닦아 노력하고 기도하는 가운데서 스스로 자기 것을 찾아 나가야 하는 것입니다. 자기 중심적인 사고를 가지면서도 부처님께 의지하고 보살님께 의지해서 가르침대로 받아들이는 것입니다.

관세음보살은 서방정토 극락세계 좌우보처인 아미타부처님의 협시보살로 계시면서 사바세계에 사는 중생제도를 서원한 보살입니다. 중생이 이고득락하거나 보살 근처에 머물지 않으면 결코 성불하지 않겠다는 게 관세음보살의 서원입니다.

애민중생하는 게 마치 어머니와 같습니다. 사랑하는 자손을 더 거두지 못해서 애를 태우는 보살이 바로 관세음보살입니다. 관세음보살은 고뇌하고 괴로워하고 힘들어하고 슬픈 일이 있거나, 괴로운 일이 있거나, 병든 자가 있거나, 사업을 하는데 뜻대로 안 되거나, 가슴에 상처가 있거나, 중생상의 번뇌로움 등 어떤 오욕락 속에서도 다 건져내는 게 목표입니다.

중생이 가장 괴로워하고 힘들어하는 부분은 병고액난입니다. 그래서 관세음보살이 제일 많이 가지고 있는 것이 버드나무 가지입니다. 그것은 청정함을 나타냅니다. 병든 자의 몸에 뿌려서 깨끗함을 나타내고 병을 없애주는 것입니다. 또 호리병을 들고 있는데 그것은 감로수를 나타냅니다. 갈증 나고 기근 들고 힘든 그 자손에게 갈증을 풀어주기 위해서입니다. 그래서 병고액난을 만났을 때도 제일 먼저 들어주는 분이 관세음보살입니다.

결국 관세음보살을 지극히 찾으면 병고액난이나 삼재팔난, 우리를 사고팔난(四苦八難)에서 벗어나게 해줍니다. 스스로에게도 이익이 되고 많은 사람에게 이익 되는 부분을 찾아서 행한다면 관세음보살은 거기에서 응당 그 중생을 구해서 그렇게 되도록 해줍니다.

마음에 관세음보살의 마음으로 가득 차 있으면 결국 관세음보살의 가피를 입게 되어 있습니다. 관세음보살을 의지하고 관세음보살에게 의지한 만큼 또 행하고 그렇게 노력하면 당연히 관세음보살은 들은 바 없이 듣고, 받은 바 없이 받으셨듯이 모든 것은 이루어지게 되어 있습니다.

법화행자는 불자이면서도 최상승법을 배우고 수지 독송하고 신행하는 그런 삶을 사는, 불자 중에서도 왕 불자가 되는 것입니다. 부처님께서는 그때 그때 필요한 방편에 따라서 경전에서 말씀하셨지만, 법화경은 온 우주천하를 다 껴안을 수 있고 함축할 수 있는 말씀이 담겨 있습니다.

법화경은 수많은 미진수의 세계를 확연히 들여다보고 아는 듯이 말씀하신 것입니다. 부처님께서 세상을 다 알고 일체종지를 깨달았다는 것이 법화경을 완전히 들여다보고 회통을 하신 것입니다.

그래서 미진수 겁 전에 이미 부처였다고 이야기를 하신 것입니다. 우리와 똑같은 사람 모습으로 와서 육년 난행고행 끝에 보리수 아래에서 깨달음을 얻었던 게 아니라, 이미 수만 겁 전에 이미 부처로서 존재했다는 것입니다. 그래서 전생록이나 부처님의 전전생록을 보면 호명보살이 나옵니다. 까마득한 세월에 인간세계가 나타나기 이전에 부처였다는 것을 법화경에서 설법하고 있는 장면이 있습니다.

법화경 여래수량품에는 '자아득불래(自我得佛來) 소경제겁수(所經諸劫數)'라는 말이 나옵니다. 부처의 자손이기 때문에 스스로가 본래 불성을 가지고 있다는 것입니다. 아이들이 커서 어른이 되듯이, 스스로가 부처되는 길이 바로 법화경을 수지독송하는 것입니다. 개인의 특기에 맞는 부처로서의 재발견이 되는 것이 바로 이 법화경입니다. 그만큼 법화경은 위중한 경전입니다. 이 이상의 경전이 없습니다.

그래서 세상의 모든 죄를 짓지 않는 '제악막작(諸惡莫作)', 또 수

많은 고통과 어려움인 사고팔난(四苦八難)이 다 떨어져 나가버립니다. 법화경을 가지고 사경을 하거나 수지 독송하면 절대 마장이 없습니다.

불교를 통달하고 법화행자로서 살면서 법화경을 가지고 부처님 앞에 가서 법화를 논한다는 것 자체가 이미 박사과정에 들어 있다는 의미입니다. 법화도량에 다니면서 스스로가 공부한다는 것이 부처님의 일체종지 깨달음과 가까이 왔다는 소리입니다. 그런 생각을 가지고 기도하는 것이 제대로 된 올곧은 기도라고 할 수가 있습니다.

법화경 사경의
진정한 의미

　사경은 큰 공덕이 있습니다. 법화경 한 자 한 자를 정성들여 쓴다
는 것은 온 우주에 광명으로 가득 차 있는 부처님의 법을 내 가슴
에 받아들인다는 의미가 있습니다. 사경 기도를 한다는 게 무슨 뜻
인지도 모르고 계속해서 반복하다 보면 눈물이 뚝뚝 떨어질 정도
로 부처님 법이 감사하고 반가워서 환희심을 느낄 때가 있습니다.

　열 번을 쓰고 백 번을 쓰고 천 번을 쓰면서 진짜 그 뜻을 알면 부
처님과 같이 동수정업(同修淨業) 하는 사람이 되어 버립니다. 그래
서 법화경을 한 자 한 자 사경하는 것이 정말 중요합니다.

　초등학교 들어가기 전에 어머니, 아버지라는 단어를 가르칩니다.
처음에는 글을 모르니까 뭐가 뭔지 모르지만 꾸준하게 쓰고 연습

하다 보면 어느 날엔가 글을 알게 되고 때가 되면 어머니에 대해서 자세하게 알게 됩니다. 사경은 그와 같은 의미가 있습니다.

부처님의 가르침이 담긴 경전은 정말 많습니다. 하지만 진짜 부처님의 가르침이 담긴 정수를 탁마할 수는 없다고 했습니다. 그래서 부처님께서 화엄경을 설하시고 아함경을 설하시고 방등, 반야경을 설하셨지만 그 설하신 것은 알고 보면 소견을 넓혀 주는 이야기입니다. 법화경에 와서 비로소 본래 부처인 도리를 깨닫게 됩니다.

어떤 불자가 금강경을 108번 사경했다고 말했습니다. 그래서 금강경을 이해 했습니다. 그러면서 금강경은 무슨 말인지 이해가 가는데 법화경은 도통 모르겠다고 했습니다. 금강경은 이해하는데 왜 법화경은 이해가 안 될까요? 소견을 넓히는 소리는 알고 보면 몸으로 가기 전에 머리부터 생각하는 단계입니다. 이렇게 저렇게 고민해 보고 머리가 먼저 하는 것입니다.

부처님 법은 우주를 껴안고 많은 중생들에게 이익됨을 주려고 하는 것입니다. 자기 머리로서 생각하고 머리로서 한 것은 알고 보면 얄팍한 것입니다. 어린아이들이 말은 배웠지만 글을 모를 때도 국어는 아는 것과 같습니다.

그런 어린아이처럼 불자로서 화엄경이다, 아함경이다, 금강경이다 하고 아는 것은 너무 많습니다. 머리로서 아는 것은 많습니다. 아무리 머리로 아는 것이 많다고 해도 그것이 실제 내 생활에 부처님의 가르침대로 윤택해지지는 않습니다. 그것을 '법집(法執)'이라고 합니다. 머리로 아는 것은 많은데 행동하지 않는 불자, 실천함이 없는 불자들은 그 법집이 늘어납니다. 어떻게 보면 법집이 늘어나면 늘어날수록 여러 사람들에게 오히려 해를 주게 됩니다. 한 가지라도 제대로 알아야 합니다.

21세기를 살면서 우리들은 매 순간 머리를 쓰고 삽니다. 그것은 큰 머리가 아니라 잔 머리라는 것입니다. 꾀를 쓰고 이렇게 요행을 바라고 순간순간 위기를 면하면서 살아가려고 생각합니다. 스스로 뿌린 씨앗은 부메랑이 되어서 결국은 업력으로서 돌아온다는 생각은 하지 않습니다. 우선 위기를 면하고자 하는 짧은 생각으로 살아갑니다.

그냥 눈만 속이려고 하고 살아갑니다. 어떻게 보면 돈 되는 일이 있으면 거짓말이라도 뺑튀기를 합니다. 돈 되고 좀 잘못된 것이 있으면 무릎 밑에다가 쏙 감추어 버리고 남몰래 합니다. 남은 모를지 몰라도 자신은 알 것입니다. 하늘이 알고 땅이 알기 전에 자기 자신이 먼저 아는 것입니다.

법화경을 사경한다는 것은 결론적으로 우리가 초등학교에 들어가기 전에 말은 다 배웠지만 글을 모르는 아이들이 어머니 아버지나 가나다라를 쓰는 것과 같습니다. 계속해서 쓰니까 어느 날 갑자기 어머니, 아버지라고 읽고 글을 아는 것과 같습니다.

지금은 법화경 사경이 어떤 의미인 줄 모르지만 스님이 좋다고 하고 복이 된다고 하니까 그냥 무작정 하는 것도 나쁜 방법은 아닙니다. 꾸준하게 계속하다 보면 그냥 글을 모르던 아이들이 글을 아는 것과 같이 알아집니다. 어느 날 법화경 속의 무한한 진리와 지혜가 확 터져버립니다. 그래서 법화경 사경을 하라고 강조하는 것입니다.

다른 것은 자기 지견이 아무리 넓어도 살기 위해서 쓰는 것입니다. 자리이타의 생각을 하지 않습니다. 법화경 사경을 꾸준히 하게 되면 언젠가 부처님의 우주 삼라만상이 그냥 진리 덩어리라는 것을 알게 됩니다. 법화경은 바로 응축된 진리 덩어리입니다.

법화경은 알고 보면 그 속이 너무나 깊고 그 척도를 가름할 수 없습니다. 무궁무진한 진리가 그 속에 들어 있기 때문입니다. 글이 깨쳐지듯이 스스로 사경하다 어느 날 갑자기 부처님의 진수가 탁 터져버리면 그 길로 부처님과 동수정업(同修淨業) 하는 사이가 되는 것입니다. 그만큼 이 진리 속에 지혜 문리가 그와 같이 터져버리는 것입니다.

그래서 부처님께서 법화경 서품에서 설하시면서 아무 말씀을 하지 않았다는 대목이 있습니다. 소견을 넓혀 주려고 그때 그때 방편으로 화엄경을 설하시고, 아함경을 설하시고, 어느 순간 갑자기 법화경을 하려고 들여다보니까 아직까지도 알고 있는 것은 소견뿐이라는 것입니다.

조그마한 그 지견 속에 머물고 있는 이 제자들을 과연 어떻게 법화경을 가지고 이야기를 해야 할까 고민하셨습니다. 어떻게 하면 우주 조화 삼라만상의 모든 진리가 탁 터져 나오는 이 지혜 광명의 덩

어리를 알게 할 수 있을까 고민했습니다. 어떻게 이야기를 해 줘야 알아듣고 스스로 부처의 자성을 그대로 들여다보고 이야기할 수 있을까 고민을 하다가 동방으로 일만 팔천세계를 그냥 광명으로 비춰 주셨습니다.

부처님께서 아무 말씀이 없이 광명으로 비춘 뜻을 알아야합니다. 법화경을 수지 서사 차경 독송하는 이것에서 진리 문리가 터져버리면 하고자 하는 일들이 그냥 하루아침에 실이 툭 끊어지듯 이루어집니다. 돌돌 감겼던 실이 저 높은 데서 던져도 엉키지 않고 밑에까지 떨어지면서 실타래가 풀리듯이 하고자 하는 것들이 이와 같이 풀려 버립니다.

여기까지 되려 하면 수없는 마장이 있습니다. 마음속에 남편이 마장을 일으킬 수도 있고, 자식이 마장을 일으킬 수도 있고, 부정적으로 어려움이 더해질 수도 있습니다. 불자들에게 법화경 사경을 하라고 권하니까 왜 이렇게 안 되는 일이 많고 어려운 일이 많으냐고 말합니다. 법화경 때문에 안 되는 게 아니고 스스로 그렇게 안 되도록 만들어 놓아서 안 되는 것입니다.

스스로 한번 법화경을 꼼꼼하게 읽어 놓으면 그 다음부터는 안 보고 써집니다. 스스로 한 자 한 자 사경을 해서 문리가 터져야만 이 그걸 이해할 수 있는 힘이 생깁니다. 그 다음에는 지혜와 복덕이 증장됩니다. 스스로가 쓸데없는 생각과 곁다리를 자꾸 붙이지 말고 깊숙이 들어가서 해 보아야 합니다. 그러면 삼라만상 부처님의 가르침이 정말 맞다는 것을 깨닫게 됩니다.

　사경을 하는 것은 부처님의 종자를 나의 유전인자에 심는 것입니다. 진짜 아버지를 심는 거고, 진짜 어머니를 내 핏줄 마음속에다 깊이 들어가게 심는 것입니다. 부처의 유전인자를 그렇게 심어놓았을 때 그 진실된 자양분이 점점 자라고 점점 증장하고 지혜 복덕의 문리가 터지기 시작합니다. 애가 자라면 어른이 되고 어른이 되면 출가하고 결혼도 시키고 할 것 다 할 수 있는 것과 마찬가지입니다. 법화경 사경을 통해 믿음의 위대한 힘을 스스로 느껴보면 세상만사 모든 일이 두렵지 않고 헤쳐나갈 수 있는 원력이 생길 것입니다.

법화경 사경으로
지혜와 복덕을 증장하라

　인생살이에서 정말 지혜 문리가 터져서 부처되는 자리를 탁마하고 논하는 게 바로 법화경입니다. 그래서 경전 가운데 법화경이 중요한 것입니다. 정말 글 못 읽던 아이들이 글의 문리가 터져서 글을 읽을 줄 알듯이 완전한 믿음으로 지혜 문리가 터져버리면 뜻을 받아들여 그때부터 스스로가 부처가 되는 것입니다.

　지금까지는 아버지 밑에서 열심히 일하고 아버지의 도덕과 윤리를 배우고, 효경 상승하는 것도 배웠습니다. 아버지의 그 품성 속에서 아버지의 불성 종자를 받아서 아버지를 지극히 모시다 보면 언젠가는 당당하게 사회에 나갈 수 있는 것과 같은 이치입니다.

　당당하게 성인으로 성장하려면 결국 부처님의 진짜 불성 종자를 받아들여서 아버지를 지극히 모시고 지극히 위하고 믿고 의지하고 따라야 합니다. 그 다음에 믿고 의지한 만큼 행해야 합니다. 믿고 의지하고 따르고 아버지가 하는 것처럼 스스로 똑같이 해보아야 합니다. 흉내 내던 것이 나중에는 흉내가 아니고 결국은 스스로 그 모습이 그대로 내 것이 되는 것입니다.

우리가 무엇인가를 시작할 때 처음에는 부끄럽고 창피하지만 자꾸 하다 보면 자연스럽게 나옵니다. 그렇게 훈습된 버릇과 습관이 중생의 업력으로 오늘날까지 켜켜이 쌓인 것입니다.

진흙 속에다가 발을 푹 집어넣을 때 그 발은 처음에는 보입니다. 그게 견성입니다. 그런데 가만히 담그고 있으면 다시 진흙 바닥이 와서 내 발만 묻어 버립니다. 견성했다는 것이 견성이 아니고 스스로가 끊임없이 자성을 살필 줄 알아야 합니다. 견성 한번 한 것으로 끝나는 것이 아니라 그 발을 빼고 그 진흙을 말릴 줄 알아야 됩니다. 완전하게 딱딱하게 마르면 발을 디뎌도 발이 빠지지 않습니다. 우리가 그것을 완전하게 깨닫고 살아갈 때 진정한 삶을 살 수 있습니다.

금강경에 보면 부처님께서는 제자들을 늘 가르치기 전에 '걸식어기성중 차제걸이 환지본처(乞食於其城中 次第乞已 還至本處)'합니다. 일곱 집을 걸식하셔서, 앉은 자리에서 공양을 드시고 발을 씻고는 정에 드셨습니다. 선정이라고 하지 않고 정에 드셨다고 하셨습니다. 결국은 스스로 자신이 견성했던 그 자리를 늘 살피고 그 진흙의 축축함을 아주 딱딱하게 말려버리는 정진을 계속하신 것입니다. 이렇게 하면 업력이란 것 자체가 나와는 상관없이 되어 버립니다. 완전히 해탈한 삶이 되어 버립니다.

마음으로 열심히 닦아서 진실로 스스로 부처와 하나가 되어야 합니다. 머리로만 따라가려고 애를 쓰는 것은 잘못된 방법입니다. 요즘 불자들은 자꾸만 머리로만 신앙생활을 하려고 합니다. 그러니 살림살이가 나아지지도 않고 윤택해지지 않습니다. 아무것도 이룬 것도 없고 10년간 해도 도로아미타불입니다.

'도로아미타불'이라는 말에는 재미있는 일화가 있습니다.

어떤 스님이 저잣거리로 나가려면 강을 건너야 하는데 동지섣달이 되니까 강이 꽁꽁 얼었습니다. 강을 건너다 말고 뒤가 보고 싶어서 그냥 뒤를 보고 강을 건너는데 얼음이 쩍쩍 깨지는 소리가 났습니다. 곧 깨어질 것 같으니까 '나무아미타불, 나무아미타불, 나무아미타불' 하고 어쨌든 그냥 아미타부처님을 찾아가면서 살살 잘 건너 갔습니다.

저잣거리에 가서 국수를 한 그릇 시켜 헐떡거리며 먹고 나니까 걸망을 집에다 놔놓고 왔던 걸 알았습니다. 그 무서운 길을 다시 건너가야 했습니다. 혼자 생각 잘못했는데 어쨌든 '안 깨어지게 해 주십시오' 하는 소리로 '도로아미타불, 도로아미타불' 하고 건너가서 가져 왔다고 합니다. 그래서 도로아미타불이 나온 것입니다.

이와 같은 실수를 하고도 부처님을 향한 믿음을 가진 사람이 별로 없습니다. 잘 되고 나면 자기가 잘해서 잘 된 줄 압니다. 기도 할 때는 죽어라고 도와달라고 해놓고 기도가 잘 되고 이틀 삼일 사일 지나가다 보면 자기가 머리 잘 써서 자기 덕이라고 생각을 합니다. 그렇게 '도로아미타불' 할 사람이 너무 많습니다.

알고 보면, 내 마음의 불성 종자가 부처님으로부터 유전되지 못하고 있기 때문에 그렇게 생각합니다. 뼛속까지도 부모님이 주신 유전인자처럼 부처님의 불성 종자를 받아들인 유전인자가 이와 같이 심어져 있으면 도로아미타불 소리를 하지 않아도 지혜는 증장되고 복덕은 구족해집니다.

부처님을 믿고 따르고 의지하고 찬탄하고 공경하고 공양하고 여기에서 스스로 발원하는 그 자체의 기본이 바로 법화경 사경입니다. 여기서부터 시작이 되어서 환희심이 나야 하는 것입니다. 마음 속에 부처님이 증명하시고, 부처님의 진리가 온 우주 천하 내 마음 속에까지도 이렇게 함축되고 충만하다는 것을 진실로 느꼈을 때 부처와 내가 둘이 아닌 진리를 깨닫게 됩니다.

부처님은 말씀 한 번 안하시고 동방으로 일만 팔천 세계를 그냥 광명으로 쏴 버린 것입니다. 지혜는 거기에 있습니다. 그렇게 가르침을 주시고 난 뒤에 거기에 머물러 있는 자식이 아니라 끝없이 자식을 찾습니다. 그 자식 찾는 모습을 법화경에는 이렇게 기록해 놓았습니다.

"나를 잃어버린 자식이 벌써 집을 나간 지 50년이 됐는 데도 내가 이렇게 찾는 줄 모르는구나!"

스스로가 부처님의 자식인 줄 알고 들어와서 이렇게 탁마하고 부처님의 가르침대로 살면서 그 지견을 완전히 다 알아버리면 지혜 복덕이 증장됩니다. 그 속에서 계속 사는 것이 아니라 나와서 스스로가 부처가 되는 것입니다. 이때부터 성인 중의 성인이신 부처님처럼 스스로의 삶이 그와 같이 더 증장되는 것입니다. 그래서 천 부처요, 만 부처요 각각등 부처라고 말했습니다. 다른 길을 찾지 말고 한 가지라도 제대로 해야 합니다.

부처님이 다른 경전을 이야기하시다가 최후에 8년간 설하신 게 바로 법화경입니다. 이것을 가르치고, 이것을 너희들에게 이야기하기 위해서 나는 여기까지 너희들을 끌고 왔다고 하셨습니다. 왜냐하면 진짜 가르침을 주기 위해서입니다. 그래서 마음속에 있는 불성을 끄집어내고 부처님과 합일이 되고 그 속을 탁마하고 지니다 보면 복덕이 되는 것입니다.

법화경 사경으로 혜안이 열리고 문리가 터져서 부처님 품속에서 살면서 일체종지 깨달음을 얻게 됩니다. 그렇게 되면 자신의 살림살이도 저절로 알게 됩니다. 이것이 법화경을 사경하는 가장 큰 이유입니다. 스스로가 법화경을 가지고 정수탁마를 한번 해 보고 그것이 나중에 모여서 사경한 법화경 책이 관세음보살 몸속 안에 모두 복장이 된다고 생각하면 천추만대로 복력을 지어놓는 것입니다. 지혜 문리가 터져가는 원천 밑거름을 만들어 놓는 것입니다.

법화경을 가지고 사경을 하는 것은 근본을 만드는 것입니다. 진짜 불자로 들어와서 부처님을 아버지로 보고, 관세음보살을 어머니로 보고 스스로 이제 관세음보살을 닮으려고 하고 부처님을 닮아서 그 유전인자를 심는 일이 됩니다. 즉 불성의 종자를 받아들여서 내 가슴속에 불성의 종자를 피우는 일입니다.

과일이 됐을 때 종자와 과일이 따로 있는 것이 아니라 종자가 과일이고 과일이 종자라는 것을 스스로가 알고 느낄 때까지 최선을 다해서 기도해야 합니다. 그 다음에 부처님께 의지하고 그 가르침대로 사경을 해서 지혜와 복력이 증장되어야 합니다. 그래서 구경에는 성불의 과(果)를 확연히 맛볼 수 있는 동수정업(同修淨業) 하는 법화행자가 되어야 합니다.

수처작주(隨處作主)
주인공으로 살기

　우리는 매순간 꿈을 꿉니다. 꿈을 잘 꾸기 위해서는 무엇보다도 각자 개인의 마음이 중요합니다. 스스로가 어떤 꿈을 꾸고 원을 세우고 지금까지 살아왔는지, 한번 되돌아볼 필요가 있습니다. 되돌아보면 공사다망하고 다사다난했지만 실제로 이루어진 일은 별로 없다고 생각되면, 어디서부터 무엇이 잘못 되었는지를 풀어봐야 할 것입니다. 또 업장이 두터워서 그렇다면 참회도 열심히 하면서 다시 살아갈 꿈을 꿀 수 있습니다. 내일은 어떻게 될지 모르겠지만 오늘 새로운 꿈을 꿀 수 있는 것만 해도 행복한 것입니다.

　업력에 따라 살아가는 우리 인생살이는 뜻대로 되지 않습니다. 안 되는 일에 더욱 욕심을 내어 이루려고 합니다. 그럴수록 중생의 업장은 더욱 두터워지게 됩니다. 그래서 스스로를 돌아보며 참회하는 시간을 가져야 합니다. 서양 사람들, 특히 불교가 아닌 종교를 가진 사람들은 동지 때나 어떤 성스러운 의식을 행할 때는 닭의 피나 염소의 피를 뿌리기도 했습니다. 불가에서는 동지에 적두라고 해서 팥으로 붉은 죽을 쑤어 가지고 나쁜 일이 일어나지 않도록 대문 앞에 뿌리기도 했습니다.

스스로 절에 가서 관세음보살이나 부처님 앞에 절을 할 때는 자기를 초연히 들여다볼 수 있어야 합니다. 고개를 숙이고 합장을 하면 그만큼 자신을 되돌아보고 잘못된 것은 참회하고 부족한 것은 더 노력하려고 하는 마음이 생깁니다. 복을 빌기도 하지만 '복혜 쌍수'라고 복을 열심히 닦으면 지혜도 증장이 됩니다.

달마조사가 처음 양나라에 가서 무제가 "내 선덕이 얼마나 되느냐?"고 물으니까 '무(無)'라고 이야기를 했습니다. 그 '무'라는 소리는 사실은 무한대로 많다는 소리도 되는 것입니다. 짧은 소견으로서 그걸 없다고 생각하니까 결국 달마조사가 죽음을 당하게 되는 그런 일화까지 남기게 되었습니다. 알고 보면 '무'라는 것은 없다는 소리가 아니고 눈에는 보이지 않지만 그만큼 무한대로 있다는 뜻도 됩니다. 그래서 우리가 무한정 많다는 소리를 하는 것입니다.

관세음보살 앞에 가서 지혜를 넓히고 증장하게 해 달라고 해도 복덕은 계속 추구되는 것입니다. 복과 지혜가 쌍수인데 어떻게 보면 복을 닦아도 지혜가 오는 거고, 지혜를 닦아도 복이 오는 것입니다.

마음에 선악이 따로 있지 않은 것처럼 좋은 일을 하고서 그 생각을 가지고 때에 따라서는 스스럼 없이 자신의 이득을 위해서는 나쁜 짓도 하는 것입니다. 그러면 조금 전까지도 선하게 좋은 일을 했는데 조금 지나고 난 뒤에는 나쁜 일을 했다면 선악이 한 뿌리에서 나오는 것이지 따로 있는 것이 아닙니다. 선악이 한 뿌리에서 나오듯이 복과 지혜도 역시 한 군데에서 나오는 것입니다.

열심히 복 지으려고 하는 사람은 지혜 문리가 터지게 되어 있습니다. 늘 부처님 닮으려고 생각하고 선한 일을 한다면 착한 일의 종자가 씨앗이 되어서 그 사람의 생각조차도 그런 쪽으로 가기 때문에 지혜는 자연히 증장됩니다. 지혜와 복덕이 따로 있는 것이 아닙니다. 이 세상살이가 너무 복잡해서 서로 개인주의로 흘러가고 이익이 창출되는 쪽으로만 쫓아가다 보니까 주위를 돌아볼 여유가 없습니다. 아예 돌아볼 생각조차도 하지 않습니다.

종교를 가진 사람은 많지만 그 종교가 지향하는 대로 행하는 사람은 적습니다. 그러니 문제는 거기서부터 시작되는 것입니다. 부처님이나 예수님이 전쟁을 일으켜서 마음에 맞지 않은 사람은 죽이라는 가르침은 어디에도 없습니다. 인류가 있는 이상 오늘날까지 끊임없이 종교전쟁은 있어 왔습니다. 불교에서 끊임없이 자비 종자를 뿌려놓아도 자비의 세상이 되기에는 역부족입니다. 집안이나 형제 간에도 등지고 살아가는 세상입니다. 진실로 자비행이나 이타행이나 부처님의 가르침대로 믿고 살면 충분하다고 생각하고 살았습니다.

이상의 생각이나 공부는 하지 않고 삽니다.

부처님께서는 남도 이로우면서 나도 이로운 자리이타(自利利他)의 삶을 분명히 이야기해 놓았습니다. 하지만 내 것만 더 챙기려고 하고 나부터 먼저 좋아지려고 하면 결국은 둘만 모여도 이합집산이 되어서 소란스럽고 싸움이 납니다. 어렵고 세상이 삭막해질수록 불자들이라도 좀 따뜻한 훈기가 나야 하는데 그 훈기가 없어지고 정이 없어지다 보니까 개인주의로 흘러가는 것입니다.

몸에 병이 있는 사람이 자기 병 다 알아서 자기 스스로 수술하려고 설치는 사람은 없습니다. 자신은 모르지만 병원에 가서 의사에게 맡기니까 무슨 병이라고 판명이 나고 그 다음에 수술을 하게 됩니다. 평생 동안 의술을 배운 사람은 이렇게 몸만 맡겨도 병을 낫게 해 주는 거와 같습니다. 어디가 아프면 약국에 처방전만 가져가서 약을 먹고 낫는 것입니다. 그 약의 성분은 모르지만 의사를 믿고 약사를 믿어서 병이 낫는 것과 같습니다.

부처님의 법을 알았으면 거기에 맞춰서 의지하고 지극하게 발원 기도하고 스스로 복덕이 증장이 되면 거기에서 지혜가 나오는 것입니다. 결국은 지혜와 복덕이 쌍수로 들어옵니다. 갈 길을 가름 지어서 살아가는 게 원력입니다.

부처님과 둘이 아니고 관세음보살과 둘이 아닙니다. 관세음보살을 열심히 부르면서 거기에 빠져서 관세음보살을 지극하게 찾을 때 관세음보살은 그 소리에 응하고, 그 생각하는 것에 응해서 소원을 이루어 준다고 했습니다. 소원만 이루어주는 것이 아니라 거기에 더불어서 지혜도 함께 줍니다. 그렇기 때문에 혼자서 잘 먹고 잘 살 생각을 절대 하지 않는다는 것입니다.

우리는 주객이 전도된 삶을 살때가 많습니다. 수처작주(隨處作主)라는 말이 있습니다. 자신이 처한 곳에서 주인이 되라는 뜻입니다. 어딜 가도 주인공으로 살려면 대접받기를 바라기 전에 먼저 대접해주어야 합니다. 그러면 자연히 대접 받게 됩니다. 스스로가 늘 베풀고 살면 그것이 바로 자리이타적 삶입니다.

지혜와 복이 없고 업이 많다고만 생각하지 말고 부처님의 가르침을 믿고 따르며 지혜와 복덕을 받아갈 수 있어야 합니다. '평상심이 도'라고 했듯이 필요할 때만 와서 달라고 하지 말고 마음의 도 자리가 어디 있는지 늘 깨어 있으며 놓치지 않아야 합니다.

우리는 이익만 추구하며 살려고 합니다. 자기에게 득이 없으면 절대 움직이지 않으려고 합니다. 좀 진득한 마음을 가질 필요가 있습니다. 부처님을 의지하고 부처님처럼 되기 위해서는 부처님 행색을 하고 나아가서 많은 사람들에게 이익을 줄 수 있는 사람이 되어야 합니다. 부처님의 가르침대로 습관과 버릇을 가질 수 있어야 합니다. 그렇게 복과 지혜가 구족해지면 그때부터 나아가서 중생에게 회향해야 합니다. 그래서 사홍서원에도 중생을 다 건지겠다고 하는 것입니다.

법화경에서는 내가 본래 부처였듯이 너희도 본래 부처였다고 가르치고 있습니다. 그 말을 알아들으면 부처의 지견에 가 있다는 소리가 되는 것입니다. 그 지견까지 못 올라가고 늘 어린애처럼 생각을 하니 어른이 될 수 없는 것입니다. 어른이 될 수 없으니까 부양을 못하는 것입니다. 가족을 부양 못하고 결혼도 못하고 사는 것입니다. 그래서 늘 마음속으로는 아직 부족하니 무엇을 달라는 소리만 하는 것입니다.

부처 같은 생각이나 관세음보살 같은 생각을 가지고 살면 스스로가 해야 될 일과 하지 말아야 될 일을 스스로 가름할 수 있습니다. 부처님 경지에서 가름하게 되고 관세음보살 경지에서 가름하게 되는 것입니다. 그렇게 하지 않으니 어린 아이에게 성냥을 맡겨 놓듯이 불안한 것입니다. 아이들처럼 불장난만하고 홀랑 태워먹고 안 된다고 또 쫓아옵니다. 부처님처럼 관세음보살처럼 어른이 된다면 절대 함부로 할 수 없습니다. 생각이 없으니까 막 저지르는 것입니다. 자기 머리로는 꼭 될 것 같아서 했지만 결코 아무것도 없는 상태가 되어 버립니다. 도루묵이 되는 것입니다.

이만큼 살았으니 이제 여기에서 벗어날 때가 되었습니다. 진실한 믿음에 의지하고 스스로가 참회하고, 주위를 돌보지 못하고 내 가족도 돌보지 못했던 것을 참회할 수 있어야 합니다. 제대로 믿고 의지하고 마음속에서 정말 뜨거운 눈물을 흘릴 정도로 부처님이나 관세음보살에게 의지해 보아야 합니다. 그러면 그때부터 이루어지기 시작하는 것입니다. 그것을 못하니까 도루묵이라는 것입니다.

늘 똑같이 욕심 부리고 자기만 생각하면서 살아서는 안 된다는 것입니다. 원력을 비운 자리에 원력을 세우고, 업력의 삶이 아니라 원을 세워서 관세음보살이나 부처님 앞에 가서 제대로 기도하고 발심해서 응답을 받았을 때 모든 것은 이루어지게 되어 있습니다.

지혜와 복덕이 증장한 삶

　부처님께서는 원래 탁발 걸식하셨습니다. 보시하는 공덕을 쌓을 수 있는 기회를 주시고자 아침마다 일곱 집을 돌면서 탁발을 하셨습니다. 지금은 걸식한다고 스님들이 집집마다 목탁치고 들어가면 시주나 밥 공양을 주지 않습니다. 우리나라에서는 행걸하는 것을 금하고 있습니다.

　법화경 여래수량품에는 '본래 부처'였다고 했습니다. 수행을 한다는 것은 마음에서부터 중생의 업력이 하나하나 벗겨져 밝은 진여 자성을 드러내는 일입니다.

　불보살의 영험이 없다고 하기 전에 인연이 회유하면 분명히 이룰 수 있습니다. 불보살의 가피가 없다고 하기 전에 인과는 형연하고 인과는 분명합니다. 원이 있고 이루려고 하는 것이 있으니까 기도를 합니다. 그런데 원이 있고 그 원을 이루려고 한다면 정말로 죽을 만큼 기도를 해야 합니다. 관세음보살이나 부처님 앞에 가서 아주 지극하게 발원해야 합니다. 스스로 속에 응어리졌던 것을 부처님이나 보살님 앞에 툭 터놓고 여는 순간, 뜨거운 눈물이 펑펑 쏟아지도록 기도해야 합니다. 그렇게 할 때 기도의 가피가 있는 것입니다.

절에 가서 대충 앉아서 그냥 집에서 나올 때 기분 좋았던 것 나빴던 것을 생각하면서 부처님 상만 쳐다보다가 참회도 없이 그냥 멍하니 앉아 있다가 집에 돌아가봐야 아무런 영험이 없습니다.

요즘은 삼시 세끼 챙겨 먹고, 거기다가 수시로 간식 먹고, 졸리면 자고 목마르면 물 마시고, 걷다가 힘들면 차 타고 이동하고 이 몸뚱이가 시키는대로 살아갑니다. 그런데 알고 보면 이게 업력이라는 것입니다.

처음 출가했을 때의 경험이 지금도 생각납니다.

절집에서 어른 스님을 모시고 있으면 자연히 절제된 생활을 하게 됩니다. 밥을 먹어도 그냥 눈칫밥을 먹어야 되고, 부목을 열심히 해 왔는 데도 그 한 끼 먹기가 무슨 죄나 지은 것처럼 좌불안석이었습니다. 무슨 꾸지람이라도 듣지 않을까 하는 생각을 가지게 됩니다. 집안에서 배가 고픈 사람은 집밖에 나가도 배가 고팠습니다.

어린 나이에 출가해 행자로 들어가니까 충충시하였습니다. 천수경도 외우고 자기 나름대로 큰 스님 밑에서 시봉하면서 재바라지라도 한 번씩 하는 그런 사미가 있으면 골탕은 그 사람이 먹었습니다.

기도가 되는 게 아니라 내 마음속에 어떻게 하면 번뇌가 없어지나 하는 생각밖에 안 들었습니다. 마음에 미워하고 시기하고 질투하는 것이 어떤 이유가 있는 게 아니라 자신을 괴롭힌다고 생각하는 데서 비롯됩니다.

어렸을 때 출가해서 하도 힘들고 고통스럽고 괴로우니까, 저 사미좀 없어졌으면 좋겠고, 은사스님 어디 좀 출타라도 하면 내 세상인 것 같았습니다. 내 딴에는 최선을 다해서 하는 데도 어른들 눈에는 나의 행동이 성에 차지가 않았습니다.

자꾸 108배 하라고 시키기만 해서 어느 날 갑자기 고민을 하게 되었습니다. '아~ 집에서 어른이 계속 그렇게 관세음보살을 찾으시던데 나도 관세음보살을 찾아서 저 미운 사람들 다 처리해 버려야 되겠다'고 하는 철없는 생각이 들어서 관세음보살 기도를 하기 시작했습니다.

관세음보살이 정말로 나를 위해서 다 줄 수 있는 어머니라고만 생각을 하고 지극하게 찾기 시작했습니다. 그러니까 나도 모르게 자꾸 눈물이 났습니다. 어느 순간 관세음보살이 '대성의 자모다, 어머니다' 라는 생각이 들었습니다. 우리가 어머니를 보면 자식을 위해서는 모든 걸 다 희생하고 던져도 더 못줘서 애를 쓰고 가슴 아파합니다. 그것이 어머니의 마음입니다.

행자 때인데 그렇게 관세음보살을 열심히 찾다보니까 33응신이 하루 저녁에 척척 다 보였습니다. 나중에 커서 생각하니 그것이 선몽이었습니다. 그렇게 33관음을 다 친견을 하게 된 그 이후에는 그렇게 아프던 허리도 괜찮고 몸이 날아갈 듯이 가벼웠습니다.

어느 날 법화경 관세음보살보문품을 접하게 되었습니다. 관세음보살이 응당 중생의 근기에 따라서 33응신으로 나툰다는 걸 알게 되었습니다. 그 이후로 행자 사미가 끝나고 구족계를 받고난 뒤에 만행을 다니면서, 우리나라 삼대 관음성지를 다 쫓아다녔습니다. 아무리 봐도 33관음을 모셔놓은 곳이 없었습니다. '아~! 이게 내가 해야 될 일이구나' 하고는 그때부터 서원을 세우고 열심히 기도했습니다.

기도를 더 해보고 싶은 마음이 생겨서 스물아홉 살 때 걸망을 짊어지고 단단히 각오를 하고 법화경 한 권만 딱 가지고 산으로 들어갔습니다. 오로지 육 년 동안 법화경만 가지고 공부를 했습니다. 그러다 보증금 200만원에 월 15만 원짜리 조그마한 포교당을 내어서 그때부터 혼자서 기도하기 시작했습니다. 30년의 세월동안 기도한 끝에 뜻한 바를 이룰 수 있었습니다.

지금의 성관음사 불사를 완성하기까지 수많은 어려움이 있었지만 이룰 수 있었던 힘은 처음 가졌던 원력 때문이었습니다. 30년 이상 모셔온 관세음보살을 본존으로 크게 모시게 되고 위에는 천수천안 십일면 관세음보살을 모셨습니다. 전부 통목으로 33관음을 모시는데 12년 정도 걸렸습니다.

한 불 한 불 모실 그 당시의 환희심이라는 것은 아주 말할 수가 없었습니다. 마지막 관세음보살이 들어올 당시에는, 조그마하게 대구 앞산에 있었습니다. 새벽에 마음이 들떠서 보니까 우리 절에 쌍무지개가 쫙 떴습니다. 그렇게 희유한 관세음보살을 보고 '아~ 이제는 나도 되겠다. 이렇게 다 들어오시고 나면 이때부터는 우리 절도 충분히 이루어진 도량이 되겠구나' 하는 생각이 들면서 편안한 마음이 되었습니다.

33응신이라는 것이 관음성지인 보타낙가산에 가도 모셔놓지 않았습니다. 유일무이하게 성관음사라고 이름 지었습니다. 성인 '성(聖)' 자가 아니라 이룰 '성(成)' 자를 썼습니다. 33관음을 다 이루었다고 해서 성관음사(成觀音寺)라고 사명을 짓게 되었습니다.

다 모셔놓고 나서 잠을 자는데 서쪽 하늘에 하늘 문이 열리면서 '아~ 나 이제 좋은 데로 간다' 하고 그렇게 환한 모습으로 노을진 운무 속에서 선친이 나타나셨다가 나가시는 그런 아주 희유함도 보게 되었습니다. 4월 28일 낙성법회를 했습니다.

불보살이 영험 없는 게 아니라 내 정성과 내 지극함이 부족한 것입니다. 특히 33관음을 이렇게 웅장하고 장엄하게 모셔놓은 도량에 평생을 관세음보살을 찾았는데 관세음보살은 분명 영험이 있다고 믿습니다.

성관음사는 법당 안에 영가나 위패를 안 모십니다. 그것은 은사 스님의 뜻을 받들어 지키고 있습니다. 산 자가 행복해지면 죽은 자는 당연히 행복해질 것이라고 믿기 때문입니다. 산 자 위주로 가는 것이 불교라는 것입니다. 결국은 살아 있는 동안 편안하고 안락하고 행복하기 위해서 불교를 믿는 것입니다. 편안하고 행복하면 영가들도 좋은 곳으로 가게 되어 있습니다. 그러니 일심 상념하고 기도하면 기도 끝에 천도가 되고, 기도 끝에 모든 것이 이루어지는 것입니다.

그래서 도량은 청정하게 가꿔야 삼보를 호재하는 신중이 그 안에 계시게 되어 있습니다. 요즘은 어디를 가도 탁한 도량이 많아서 신장들이 그 자리를 지키고 앉아 있지 않습니다. 그러니까 호호법당(好好法堂)이나 불무영험(佛無靈驗)입니다. 법당을 잘 지어놓고도 영험이 없게 만들어 놓았습니다. 성관음사에서 33응신을 함께 친견할 수 있는 것만 해도 평생에 큰 복력을 지어 놓았다고 생각합니다.

원이 있으면 기도를 하십시오! 진실하게 내가 의지하고 믿고 따르고 부처님을 칭송하고 찬탄하고 공경하고 공양하면 거기에서 원이 이루어지게 되어 있습니다. 무진의보살은 '중생이 이고득락하지 않으면 결코 성불이 없을 것'이라는 원을 세운 그 관세음보살의 이야기를 부처님으로부터 들으시고는, 자기가 가지고 있던 금은보화 진주영락의 목걸이를 미련 없이 드렸습니다. "너무 존경합니다! 제가 드릴 것은 없고 이렇게 다 관세음보살께 드리고 싶습니다"고 그냥 벗어서 드렸습니다. 그래도 처음에는 안 받았습니다. 결국은 나중에 부처님께서 "받아라! 관세음보살이여"라고 말씀하시니 그제서야 받으셔서 일부는 석가모니불께 봉안하고 일부는 다보불탑에 봉안했습니다.

중생이거나 중생이 아니거나 천룡·야차·건달바·아수라·가루라·긴나라·마후라가·사람이든 사람 아니든 그 정성만 받았습니다. 결코 받아서는 석가모니부처님과 다보불탑에 봉안했습니다. 본존 청정법신 비로자나부처님께 그걸 바치고 자기는 받은 바 없이 받아서 모든 것을 회향해 주는 그런 마음이 관세음보살입니다.

지금은 어렵고 힘들고 고통스럽고 시끄럽지만 불안하면 불안할수록 관세음보살께 더 의지해서 진실된 기도를 이룰 수 있다면 무한 복력을 가질 수 있습니다. 또 이 세상에서만 끝나는 것이 아니라 다음 생에서 지혜와 복덕이 증장하여 삶이 윤택해질 것입니다.

법화경에서는 일생성불이라고 했습니다. 일생에 꼭 성불을 볼 수 있는 그런 믿음을 가지고 살면 우리의 삶들이 정말 부처님의 가피 속에서 사는 것입니다.

그럼 어떻게 믿어야 할까요? 아버지에게 매달리듯이 하고, 어머니에게 매달리듯이 하면 됩니다. 부처님을 외경하는 마음으로 관세음보살을 진실로 믿다보면 내면 속에 관세음보살이 바로 자기 자신이라는 것을 심안으로 볼 수 있습니다. 천 번이고 만 번이고 될 때까지 해 보아야 합니다. 내 남편이 잘못을 해도 그럴 수 있겠지 하는 너그러운 관세음보살의 마음이 나옵니다. 주위가 온통 오탁악세 속에서 헤매고 있는 사람들이 많지만 그러면 더 빛나는 어떤 꽃이 피게 되어 있습니다. 연꽃은 썩은 물에서 피는 것입니다.

그런 생각을 가지고 모든 것을 이해하고 용서할 수 있고, 지극하게 관세음보살이나 부처님께 회향하는 삶이 오롯한 우리 불자의 삶입니다. 아끼고 아끼다가 결국은 자식 줘버리면 끝나버리지만 부처님께 공양하고 부처님을 위해서 발원하고 칭송하고 찬탄하는 것은 영구불멸 불성의 종자를 가지게 됩니다.

세상의 어려움은 언젠가 부처되는 그 꿈에 한 발짝, 한 발짝 이루어나가는 어떤 도구라고 생각합니다. 마음속에는 늘 준 바 없이 주는 그 무진의보살과 똑같은 마음을 가져야 합니다. 그러면 결국 부처님으로부터 관세음보살로서 수기를 받아서 무한한 복력을 이룰 수 있게 됩니다.

복과 지혜는 쌍수입니다. 그래서 복과 지혜가 따로 있는 게 아니라 복과 지혜는 한 뿌리에서 나오기 때문에 스스로 절에 가서 열심히 복 지으면 지혜도 그렇게 증장이 되는 것입니다.

관세음보살의
염피관음력(念彼觀音力)으로

정월 대보름에는 오곡밥을 해먹고 또 부럼 깨는 날이라고 해서 견과류를 먹곤 했습니다. 선방이 있는 절에는 동안거 해제일이기도 합니다. 겨울 석 달이 넘도록 스님들이 선방에서 정진 후 회향하는 날입니다.

요즘 시골에서는 소원지를 꽂아 놓고는 소원을 빈다고 달집을 태우는 행사가 유행입니다. 불자로서 부처님의 신력을 받아서 힘들고 고통 받는 일이 있더라도 관세음보살을 찾는 염피관음력(念彼觀音力)으로 이루고자하는 일이 이루어집니다. 그래서 스스로가 관세음보살과 부처님을 열심히 찾으면 찾는 만큼 자손에게도 그 가피력이 영향을 미칩니다.

흔히 어려움을 극복해서 마침내 가문을 일으켜 세우는 그런 사람을 자수성가했다고 말합니다. 처음에는 찢어지게 가난하고 어렵고 힘들고 시골에서 태어나 가지고 배운 것도 없고, 먹고 사는데 너무 정신 없고 힘들게 살다가 어느 순간 되돌아보니, 성공의 반열에 오르는 것입니다. 그게 유위법으로 보면 성공한 사람이라는 말입니다. 그런 사람을 보면 대중들은 축하보다는 시기하는 마음을 더 내게 됩니다. 보는 앞에서는 인사하고 반겨도 뒤통수에 대고는 쑥덕쑥덕합니다. 자기는 하지 못하면서도 뒤에서 쑥덕쑥덕거리는 것입니다. 그럴 때 자신을 쑥덕거린다고 욕할 것도 없고 자기 행동을 한번 더 들여다봐야 합니다.

관세음보살, 관세음보살 하는 그 염피관음력으로 업력의 잘못된 습관과 버릇을 버려야 합니다. 뒤태가 아름다운 사람이 되어야 합니다. 항상 어렵고 힘들고 고통스럽고, 잘 가다가도 잘못 되었을 때는 스스로를 들여다보아야 합니다. 내 속에 있는 진짜 나를 들여다보아야 합니다. 변명하고 이유 대고 남 탓했으면 그거 전부 걷어내고 참회해야 합니다. 그러면서 자신의 인생살이를 다시금 업그레이드 시키는 것입니다. 컴퓨터를 비롯해서 뭐든 자꾸 업그레이드를 시켜야 뒤처지지 않습니다. 자신의 인생도 그와 같이 향상시켜야 합니다.

자신의 인생에 부처님의 정법을 자꾸 업그레이드 시켜서 깨달음을 향해 부처님의 가르침대로 살겠다는 서원을 세워놓아야 합니다. 주인공 노릇을 잘 하고 있는지를 들여다보아야 합니다. 생활에서 시계가 돌아가면서 정확한 시간을 알려 주듯이 자기 생활도 그와 같이 해야 합니다. 그게 안 되는 것은 자신의 삶에 어떤 문제가 있기 때문입니다. 그럴 때마다 자기 자신을 다시 돌아보고 점검해야 합니다.

부처님께서는 늘 깨달음에 대해 가르치셨습니다. 제일 많이 말씀하신 게 착각에 갇혀 살고 있는 소견을 제발 좀 넓히라는 것입니다. 화엄경, 아함경, 금강경을 다 들여다봐도 그렇게 말씀하셨습니다. 신묘 허공을 들여다 보라는 것입니다. 자신의 빈 자리를 찾을 수 있어야 합니다. 너의 마음도 그와 같이 닦아 나가는 거라고 말씀하셨습니다.

생각은 생각대로 계속 고민을 하면서 마음과 몸은 따로 가고 있다면, 행동거지부터 바꾸고 습관부터 바꾸어야 합니다. 그렇지 않으면 이루어질 게 없습니다. 하나부터 열까지 스스로 바뀌지 않고는 절대 될 수가 없습니다. 모든 걸 남 탓만 하는 그 생각 자체가 잘못입니다.

'내 업력이 여기밖에 안 되는구나' 하는 생각을 철저하게 해야 합니다. 그걸 깨달음이라고 합니다. 깨어 부수는 것입니다. 자신의 무지로서 이루어졌고 행동이나 업력에 의해서 그렇게 됐고 끝없이 육도윤회하면서 지어놓은 복력이 이것밖에 안 되니까 그렇게 된 줄 알아야 합니다. 거기서부터 뒷 모습을 아름답게 만들어보고자 하는 생각을 가져야 합니다. 그것이 없으면 변하지 않는다는 것입니다.

생사윤회의 고통을 끝없이 받는 게 중생심입니다. 누가 그걸 받으라고 강요한 적이 없습니다. 본연 자성이 그렇게 했다는 것입니다. 그러면서도 그 꿈을 못 깨고 아직도 불자로서 믿음은 약하고 바라는 것은 많습니다. 달라는 것은 많은데 하는 행동은 없습니다.

화엄경에 보면 "금강장 보살은 어떻게 회향하는 것이 제대로 회향되는 것이라고 생각하십니까? 나는 부처님을 기쁘게 하리라! 내 평생에 기쁘게 하는 것으로 회향으로 삼으리라!" 하고 말씀하셨습니다. 경전의 가르침처럼 그런 생각을 가지고 절에 가서 부처님을 기쁘게 하고자 하는 생각을 가졌는지 뒤돌아볼 필요가 있습니다. 눈 먼 자식이 효자 짓하고, 등 굽은 나무가 산을 지킨다는 말이 있습니다. 온 마음을 바쳐서 효자 되기가 힘들다는 말입니다.

그와 같은 마음으로 관세음보살과 부처님을 기쁘게 해 봤는지 살펴보아야 합니다. 어려운 일이기는 하지만 그렇다고 안 되는 일은 아닙니다. 우리가 마음을 내면 얼마든지 가능한 일입니다. 모든 것을 바쳐서 부처님을 기쁘게 하리라는 생각을 가진 사람이 바로 금강장보살입니다.

정월 대보름이라서 부럼을 깨고 부정을 몰아내고 달집을 태워서 모든 사마외도들을 항복시킨다 하더라도 자기 마음에 정말 나쁜 것을 항복시킬 수는 없습니다. 진짜 자기 마음속에 있는 마귀는 항복시키지 못하는 게 사람입니다. 그걸 항복시키고 조복 받아야 합니다. 그것을 조복 받을 생각을 않하고 바깥에 있는 어떤 보이지 않는 염피관음력으로 관세음보살을 염하는 그 힘에만 의지하려 합니다. 결국은 관세음보살 지견에 올라가는 줄 모르고 밖에서 찾는다는 것입니다.

부처님을 조성하고 관세음보살을 조성해서 관세음보살을 염피관음력으로 생각하고 오로지 관세음보살을 기쁘게 해야겠다는 그 생각으로 기도를 해 보아야 합니다. 관세음보살에게 그만한 가피를 입으려면 먼저 스스로 그렇게 기쁘게 해 주려고 노력해야 합니다.

천 원짜리 하나 가지고도 백만 원 벌게 해 주세요, 만 원짜리 가지고 넣을까 말까 고민하고 갈등 일으키고 있는 게 중생심입니다. 그 중생심을 홀연히 벗어 던지고 부처님을 위해서 살고 죽고 나의 모든 것을 믿고 맡기고 의지할 수 있어야 합니다. 그 다음에 찬탄하고 공경하고 공양하고 예배하고 부처님의 자손으로서 충분히 그와 같이 살겠다는 마음이 있어야 합니다.

태어나서 일찍 죽는 명을 타고난 젊은이가 병이 들어서 누워 있다가 선반에 관세음보살의 사진이 있는 것을 보았습니다. 평생 믿어보지 않고, 평생 의지해 보지 않았는데 사진에 걸려있는 관세음보살을 들여다보고 '내 고통스럽고 괴로운 병을 좀 해결해 주십시오. 죽더라도 오늘부터 나는 관세음보살이나 부처님께 귀의하겠습니다' 하고 지극하게 모든 걸 내려놓고 아프면서도 아무 생각 없이 귀의했던 그 복으로 천상에서 태어났습니다. 평생을 절에 다니면서도 순수한 마음 한 번 가지고 처절하게 부처님이나 관세음보살에게 매달려 보는 것이 생각처럼 잘 되지 않습니다. 그렇기 때문에 이런 사람은 이렇게 한번만 매달리고 의지해도 바로 천상에 가서 태어나게 됩니다.

그럼 평생 불자로 살면서 그와 같은 마음을 과연 몇 번이나 일으켰나 돌아보아야 합니다. 아니면 스스로 관세음보살이나 부처님께 의지하는 그 마음을 정말 뒤태가 아름다울 정도로 살아봤는지 돌아보아야 합니다. 사람이 자기 생각에 머물러서 '요만큼 하면 안 되나, 이만큼 했으면 됐지'라는 생각을 하게 됩니다. 자기 스스로 자기를 위하는 상태가 되는 것입니다. 불교는 그렇게 믿는 게 아닙니다. 부처님은 그렇게 의지하는 게 아닙니다. 지극하게 모든 걸 믿고 맡기고 던져놓고 부처님과 관세음보살 앞에 가서 부처님과 관세음보살을 기쁘게 하려고 생각을 해 봤는지 돌아봐야 합니다. 부처님이 과연 기쁘게 생각할 것이 무엇인지 마음으로 그렇게 해 봤는지 생각해 보아야 합니다.

옛날에는 효자가 많았다고 합니다. 그것도 자기 생각해서 효자가 많았던 것입니다. 옛날에는 7, 8남매 안 낳은 집이 없었습니다. 요즘은 환갑은 그냥 지나가는 생일로 생각할 만큼 수명이 길어졌지만 옛날에는 환갑을 큰 잔치로 치를 만큼 수명이 짧았습니다. 엄마가 나이 50살에 돌아가려고 하니 20살 먹은 막내딸이 자기가 낳은 젖먹이를 어떻게 키우느냐고 엄마 죽으면 안 된다고 그냥 손가락을 깨

물어서 어쨌든 살려냈습니다. 그래서 효자가 많았고 효녀가 많았습니다. 자기 생각해서 그런 것입니다.

요즘은 그런 사람이 없습니다. 세상이 이렇게 점점 변해가고 있는데도 결국은 스스로 방일하고 닦지 못하고 수행하지 못하니까 갈수록 점점 더 삭막해지고 있습니다. 낳은 자식도 못 믿게끔 살고 이웃도 마찬가지입니다. 삭막해진다는 것은 정이 없어지기 시작한다는 소리입니다. 정 때문에 사네 못 사네 해도 정이 없어지니까 살림살이가 황망해집니다.

전체적인 인간의 삶이 주인공 노릇을 하지 못하면 바깥으로 일어나는 경계에 속아서 밖에서 오는 그 경계에 끄달리게 됩니다. 희로애락에 울고, 웃고, 즐겁다고 노닥거리니까 결국은 괴로움에 봉착하게 됩니다. 괴로움을 없애려고 하는 어리석음을 계속 짓고 반복하고 사는 게 바로 우리의 삶입니다.

좋은 것을 위해서 사흘 낮밤 굶고 생일날 아침에 밥 잘 먹으려고 하다가 죽었다는 이야기가 있습니다. 자기 즐길 것 다 즐기고 좋은 차 타고 돌아다니고 좋은 짓 다 하려고 하다가 자기 살림살이는 월세 방도 못 면합니다. 젊은 세대들은 그것도 좋다고 하고 살고 있습니다.

뒤태가 아름다운 사람이 되려면 미리미리 준비할 줄 아는 삶을 살아야 합니다. 그러려면 결국 스스로가 뒤를 깨끗하게 만들어 가야 됩니다. 늙어가면서 구질구질하게 살면 좋아할 사람이 아무도 없습니다.

사람이 살수록 정말 반질반질해야 됩니다. 그렇게 못 사는 이유가 알고 보면 수행하지 않고 깨닫지 못하기 때문입니다. 처절하게 부처님에게 매달려서 부처님 기쁘게 한번 해보지도 못하고 세월만 보냈기 때문입니다. 관세음보살을 믿고 의지한다면서도 관세음보살을 진실로 믿고 의지해서 한번 기쁘게 해보지 못했기 때문에 그렇게 된 것입니다. 그것은 전적으로 자기 잘못입니다.

거기에서 믿음이라는 게 중요한 것입니다. 관세음보살 찾는 염피관음력으로 모든 것이 이루어집니다. 한평생 관세음보살을 얼마나 찾았는지 돌아보아야 합니다. 내 마음에 믿음의 심지가 아직도 그 정도 밖에 안 되어 있으니까 사는 모습이 이러한 것입니다. 누구도 원망하지 말아야 합니다.

지금부터 자신이 바뀌어야 합니다. 거기서부터 시작되어야 합니다. 어둠은 실체가 없는 것입니다. 불만 확 켜버리면 밝아집니다. 가난하고 힘든 것도 사실은 실체가 없는 것입니다. 내가 이렇게 노력하고 정리되고 정돈된 삶을 살고, 이루어가겠다는 그 꿈을 가지고 관세음보살 앞에 가서 진실로 찬탄하고 공경하고 공양하고 예배하면서 기도하면 안 이루어질 게 없습니다. 그렇게 사는 게 아름답습니다.

세상에서 제일 아름다운 게 합장 기도하고 있는 모습입니다. 스스로가 절에 다니면서도 이와 같은 생각을 가지고 제대로 매달리고 의지해서 이루고자 하는 소원을 진짜 이루어보아야 합니다. 어둠이 밝아지려면 불을 켜야 되는 것처럼 가피 입는 것도 같은 이치입니다. 가피를 입어보고 스스로가 생각해서 이루고자 하는 것을 이루어야 합니다.

어려움이나 힘듦이나 고통이나 괴로움을 없애려면 어디에다 불을 켜야 할까요? 눈에다 불을 켜고 마음에다 불을 켜고 살아야 합니다. 남만 자꾸 원망하는 것은 소용이 없습니다. 숫타니파아타에는 야밤에 도둑이 횃불을 들고 간다고 해도 그를 따르라고 했습니다. 기암절벽 산길에서 도둑놈이 든 횃불이라고 따라가지 않으면 그 사람은 절벽에서 떨어져 죽을 것입니다. 도둑놈이라도 불을 가지고 있으면 그때는 따라가야 그 산이라도 비켜나갈 수 있습니다.

그러니 스스로가 그런 생각을 가지고 마음을 열고 눈에 불을 켜야 합니다. 자기의 삶이 잘 정리 정돈되고 뒤태가 아름답고 끝까지 깨끗한 삶을 살다가 가려고 노력하는 것이 불자의 자세입니다. 그것 없이 행주좌와어묵동정 매순간이 꿈인지 생시인지 구분도 못하고 살아봐야 소용이 없습니다.

일평생 살아도 흐리멍덩하게 살고 나면 또 육도윤회하는 중생이 됩니다. 고통과 괴로움이 연속적으로 계속 일어납니다. 죽을 때는 또 눈물, 콧물 다 늙어 빠진 가죽을 뒤집어쓰고도 그거 안 버리려고 찔찔거리고 그냥 사람만 보면 살려달라고 아우성칩니다. 명주실 같이 끈질기게도 명을 쥐고 앉아 안 놓으려고 애를 쓰는 모습을 흔히 봅니다. 요양병원에 보면 오늘 갈까 내일 갈까 하면서도 옆에 사람하고 토닥거리면서 또 싸움까지 하고 있습니다.

세상살이 그것밖에 더 없는 데도 육도윤회를 면할 생각을 못하고 있습니다. 육도윤회하는 걸 면하고 살아야 됩니다. 육도윤회하는 것을 면하려고 생각하면 정말 기도다운 기도를 해야 합니다.

그래서 법화경이 있습니다. 법화경을 가지고 경전을 수지 독송하고 사경을 해보고 진실로 담아서 한 번 두 번 하다 보면 눈이 떠지고 귀가 뚫리고 지혜가 생기고 가슴이 열립니다. 거기에서 향내가 납니다. 정말 가피가 오는 것을 스스로가 느낌을 받을 수가 있습니다.

책도 못 읽던 아이가 어느 날 갑자기 책을 줄줄 읽는 것과 같은 현상이 옵니다. 그래서 사경을 한 번 해서 안 되면 두 번 해 보고, 그래도 안 되면 세 번 해 보아야 합니다. 69,384자 전체가 다 부처님의 말씀이고 부처님의 진신입니다. 중생으로 살면서 끊임없이 윤회하면서 때를 묻히고 또 묻혀놓아서 그것이 벗겨질 때까지 시간이 걸리는 것입니다. 벗겨질 때까지 노력이 필요합니다. 그런 마음으로 기도를 해야 합니다.

온 힘을 다해 관세음보살을 찾고, 관세음보살이 기뻐할 일이 무엇인지, 부처님이 기뻐할 일이 무엇일까를 찾아가면서 기도해야 합니다. 그러면 가피력은 분명히 입게 되어 있습니다. 다시는 육도윤회하는 그런 삶이 아니라 단생에 성불을 보는 그런 삶이 될 수 있을 것입니다.

　지금 자기 자리를 스스로 돌아보고 잘 살았는지 못 살았는지는 관세음보살에게 의지해서 스스로 제대로만 믿음을 가지고 나간다면 금생에 다 성불해서 이고득락 할 수 있을 것입니다. 근본 불성을 가지고 있기 때문에 반드시 이루어진다고 확신합니다.

불자의 조건은
신해행증(信解行證)에 있다

　세상이 어수선할수록 불자들은 더 힘을 내고 용기를 내고 또 거기에서 정신을 차리고 살아가야 합니다. 그것이 알고 보면 전부 동업대중이기 때문입니다. 우리는 업이 같아서 동시대를 살아갑니다. 살아가는 그 업력이 서로 같기 때문에 한 시대를 살아가면서 우리는 함께 가야 하는 것입니다. 모두의 업력으로 인해서 때로는 바다에서 참사가 일어납니다. 그러면 온 국민이 그 수렁에 떨어진 기분을 느끼는 것입니다.

　먼저 간 사람들의 업력이 아니라 우리들 모두의 업력으로서 사람들이 먼저 가게 됐다고 생각해 볼 수 있습니다. 불교라는 것은 동수정업(同修淨業) 하고 너와 내가 하나임을 이야기하고, 인드라라고 이야기합니다. 겉으로 보아서는 각각의 개체가 있고, 개체 속에서 나라는 존재로 살고 있습니다. 불교적으로 업보, 윤회도 따지고 보면 전부가 나 아닌 것이 없습니다. 업력이나 잘못이 얼마나 많았으면 저렇게 한꺼번에 참상을 당했을까 하고 생각해봐야 합니다.

그래서 우리는 먼저 부처님을 향해서 잘못을 참회하고 잘못 일어난 일들에 다시는 그런 일이 없도록 기원하는 것입니다. 안전 불감증이 없도록 해 나가는 것이 산 자들의 도리입니다. 누구의 잘못이라 고 단정지을 수는 없습니다.

어떤 사람이든지 큰 일을 당하면 우왕좌왕하지 않는 사람이 없습니다. 정부도 마찬가지입니다. 내 발등에 불이 떨어지면 불 떨어진 것 그걸로 정신없이 그 불만 보게 되어 있습니다. 누구든지 다 처한 입장에서는 그렇게 되는 것입니다. 누구라고 욕하지 말아야 합니다. 내 업으로 받아들이고 내 잘못으로 받아들이고 내 업력의 가지라서 이런 일이 생겼다고 참회해야 합니다. 불자로서는 그것을 가져와서 부처님 앞에 기도할 줄 아는 불자가 되어야 합니다.

우리가 당했으니까 앞으로는 누구든지 이런 일이 더 없도록 해야 되겠다고 철저하게 대비하는 마음을 가져야 합니다. 이것을 각자의 업력으로 생각하고 각자의 어떤 복력으로 생각해야 합니다. 절에 오는 불자들은 내 복이 그것밖에 안 되어서 참 미안하다는 생각을 해야 합니다. 먼저 간 사람에게는 미안한 것이고 수습하는 사람에게는 나 대신 고생하니까 그 사람에게 감사함을 전해야 합니다. 그렇게 해야 어울려서 살아가는 것입니다.

우리가 수없는 겁 동안 살아오면서 세월호 같은 저런 일들을 많이 겪어오고 거기에서 경각심을 가져야 합니다. 명복을 빌고 수고한 자에게는 감사를 하고 우리의 할 일은 업력이나 잘못된 어떤 생각이나 잘못된 이 굴레굴레 육도윤회하는 업력을 부처님 앞에 가서 죽어라고 기도하면 벗어난다는 것입니다. 그게 참 불자의 도리입니다. 내 탓이라는 생각을 안 하고 네 탓이라고 해봐야 끝없는 정쟁만 일어납니다.

법화경의 서장을 열면 서품에서 "나는 이와 같이 들었다. 한때 부처님께서 왕사성 기사굴산에 계실 적에 일이다" 하고 시작됩니다. 부처님께서 영축산에서 법화경을 설하신 장면을 표현한 것입니다.

부처님께서는 왕자로 태어나서 가만히 있으면 전륜성왕이 되어 누구에게나 칭송받는 사람이 될 수 있는 그런 신분을 가지고 태어났습니다. 하지만 부처님은 만 중생을 구제하는 출가의 길을 택했습니다. 6년 동안 살가죽만 남고 뼈만 남아있을 정도로 고통 받아가면서 인간으로서는 감당하지 못할 어려움과 힘듦을 손수 감당하셨습니다. 성도하는 모습을 보이기까지 고행하고 힘들어하고 괴로워했던 것은 중생들의 살림살이가 그와 같다는 것을 몸소 보여주신 것입니다. 수자타의 첫 우유죽을 받아 드시고 그 길로 보리수 아래로 가서서 깨달음을 성취하셨습니다. 여기에서 성도하지 않으면 결코 일어나지 않겠다는 각오를 가지고 그 자리에서 아주 깊은 정에 드셔서 6일 만에 모든 삼라만상의 이치를 다 알았습니다. 이것이 바로 우리들이 알고 있는 석가모니 부처님입니다.

그런데 사실은 그게 아니라고 이 묘법연화경에 와서는 밝히는 것입니다. 서품부터 시작해서 왕사성 기사굴산에서 '이와 같이 나는 들었다'는 말씀은 이제까지는 행주좌와어묵동정, 가고 오고 서고 앉고 여러 곳을 다니면서 최초 5비구를 제도할 때 화엄경을 설하시고, 그 다음에 또 다른 중생들을 이야기할 때 이해를 못하니까 비유해서 내 전생에 이랬다는 이야기로서 아함경을 설하셨습니다. 그 다음으로 금강경을 가지고 알아듣도록 이야기 하고 그렇게 해가면서 점점 방등, 반야까지 지혜와 지견을 넓혀 놓고 그 중생들의 그 가지가지에 맞는 말씀을 하셔서 알아듣지 못하는 자가 없었다는 것입니다.

부처님 동시대에도 왕족이나 상위층 계급만 문자를 알았습니다. 일반 서민들이나 불가촉 천민들은 글 자체를 모르고 살았습니다. 그때도 그런 사람에게 알아 듣는 말씀을 했습니다. 그게 부처님의 능력입니다. 아무 글씨도 모르는 이런 사람들을 위해서 공부하게 만들고 알아듣도록 만들어서 그 사람조차도 깨닫게 했습니다. 그게 부처님 법입니다.

법문을 하면 재가 불자들이 다 알아듣고 '아 그렇구나!', '내 것을 바꿔야 되는구나!', '내 습관과 버릇이 잘못된 것이구나!' 이렇게 알아들을 줄 알아야 합니다. 좋은 소리인지 나쁜 소리인지 근본을 모르는 것을 '갈애(渴愛)'라고 합니다. 중생들은 갈애를 느끼고 알아듣지 못하니까 어디서 알아듣는 이야기를 해서 귀가 뚫리고 눈이 뜨이고 입이 열릴 수 있는 그런 게 없을까 하고 찾고 있습니다.

그래서 힘들어하고 방황하고 이 절 가고 저 절 가고 계속 자기 마음의 본연 자성을 찾기 위해 절간마다 찾아다닙니다. 절간마다 찾아다니다 보니 나쁜 습(習)이 또 들어버립니다. 나무를 올라갈 때 보면 곁가지 잘못 잡으면 떨어지면 죽습니다. 영혼의 진실한 자성의 부처에 그 갈망하고 갈애를 느끼는 그것을 찾아서 공부하려고 이 절 저 절 스님들을 찾아가 보았지만 공부보다는 물 한잔 먹이고 딴소리만 듣게 됩니다.

그래서 세상사가 어떻게 어디로 가야 제대로 된 불교를 만나고 부처님의 가르침을 만나서 이해하고 그 말을 알아듣고 깨달음을 얻을 수 있을까 고민하게 됩니다. 부처님께 닿을 수 있는 그런 불제자로서 살아갈 수 있을까 고민하는 것입니다.

누가 와도 거기에 맞게 알아듣도록 하고 거기에 맞도록 불교에 입문할 수 있도록 하는 좋은 방법은 바로 신해행증(信解行證)입니다. 믿는 마음이 제일입니다. 우선은 믿게 하고 그 믿음 다음에 이해하는 공부를 하고 이해하는 공부 했으면 행동하는 것입니다. 열 번 절하라고 하면 열 번 절을 하고 백 번 절하라고 하면 백 번 절을 해보아야 합니다. 경전을 읽어보고 아니면 스스로가 마음에 있는 우러나는 발원을 하고 축원을 해야 합니다.

우선 뭐니 뭐니 해도 가족 관계가 제일 문제입니다. 그래서 부처님도 항상 자기 권속을 먼저 넣었습니다. 부처님의 최초 권속이 5비구부터 시작해서 어느 경전이든지 보면 천이백 인구, 천이백 오십 인구라는 말이 나옵니다. 이것은 바로 부처님의 제자들을 이야기하는데 그것을 보고 부처님은 권속이라고 했습니다.

권속을 요즘말로 바꾸면 가족이라는 말입니다. 내 사랑하는 가족이라는 말입니다. 2,500년 이후에 불자로서 이 자리에 와서 부처님 앞에 삼보로서 공경하고 공양하고 예배하고 찬탄하면 역시 권속이 되는 것입니다.

가족이라는 것은 정말 소중합니다. 살아보면 가족이라는 것이 너무 소중하지만 때에 따라서는 너무 징그럽기도 합니다. 어렵고 힘들 때 힘이 되어주면 가족만큼 소중한 게 없습니다. 그런데 한 가족으로 살면서 서로 화해하고 말이 통하고 대화가 되고 아픈 일이 있으면 같이 힘들어 하고 어려운 일이 있으면 같이 노력하고, 웃을 일 있으면 함께 웃고 이렇게 살기가 보통 어려운 게 아닙니다.

부처님께서 지금까지 그렇게 수많은 경전을 설법하시고 난 뒤에 최후에 이 경밖에 없다고 이야기하고 묘법연화경을 설하셨습니다. 삼승(三乘)이라는 것이 아니다, 이승(二乘)도 아니고 어떻게 보면 성문승(聲聞乘)도 아니고 연각승(緣覺乘)도 아니다, 오로지 일불승(一佛乘)이라는 이 경밖에 없다고 말씀하셨습니다. 하나라는 것입니다.

법화경에 그것을 설법하려고 하시는 말씀이 담겨 있습니다. 때가 되어서 설법을 하기는 해야 되는데 저 상수제자, 즉 권속들이 알아 듣지 못할까봐 걱정하는 대목이 나옵니다. 고민하는 게 역력히 드러납니다. 법화경이 그만큼 알아듣기가 어렵습니다. 알아듣고 나면 실행하기 어렵고 실행할 만하면 짧은 생에도 성불할 수 있는 그 인과를 지어놓는 것이 바로 이 법화경입니다.

그래서 스스로가 생각할 때는 믿음 없이는 한 발짝도 들여놓을 수 없습니다. 믿음만 가지면 된다는 것입니다. 부처님 말씀을 믿고만 들어가면 성불의 종자를 이미 불성 깊이 심어놓는 것입니다. 그와 같은 경이 바로 이 법화경입니다.

평생 농사를 지으면서 아버지가 가족을 끌고 살아오다가 세상의 속박이나 어려움이나 힘듦을 다 버려놓고 예를 들어 "나 이제 농사 그만 하련다. 너희는 농사보다 더 좋은 일이 있어, 내가 이 일은 꼭 성공을 보장할 수 있다. 시내에 나가서 공장을 할 거다"고 그렇게 이야기 한다면 자식도 말리고 주위 사람이 다 말립니다. 바로 그런 현상과 같습니다.

그런데 그것을 확실한 어떤 가장으로서 나만 믿고 따라오라고, 확신을 주는 말씀이 법화경에 있습니다. 내 말만 믿고 따라오면 고단함이나 피곤함이나 괴로움이 녹아 없어진다고 이끄는 것이 법화경입니다. 나의 아들딸로서 내 말만 믿고 따라오면 고단함이나 피곤함이나 괴로움이 녹아 없어진다는 것입니다. 그 자리에 너희들은 여래와 같은 진실한 뜻을 받아들였기 때문에 꼭 부처가 되리라고 끝없는 수기를 주는 것을 법화경에서 이야기하고 있습니다. 제자들마다 '너는 언제 부처가 되리라'고 수기를 줬던 것입니다. 그 만큼 이 경전에는 위대함이 있습니다.

십겁을 지나든 백겁을 지나든 간에 언젠가는 부처로서 드러내 보이리라는 수기를 준다고 되어 있습니다. 그런데 그 수기 속에 수많은 부처님을 공경하고 공양하고 찬탄하고 예배한 후에 그렇게 한다는 이야기가 붙어 있습니다.

지금 와서 부처님이 2,500년 전에 이와 같이 상수 제자들을 모두 수기를 줬다는 것은 2,500년 이후에 바로 부처님의 상수제자로서 끝없이 윤회하면서 부처님의 전철을 밟고 있다는 소리가 되는 것입니다. 그러니까 2,500년 전에 부처님의 제자로서 살았던 아라한이 되고, 그 다음에 교진여가 되고, 또 이제 아라한과를 얻고 성문승이 될 수 있고, 연각승이 될 수 있습니다. 아니면 재가불자로서도 그렇게 부처님을 따르면 그와 같은 부처님의 권속들이 될 수 있습니다.

부처님의 권속이 된다는 것은 신해행증의 불자로 산다는 것을 의미합니다. 믿음의 튼튼한 반석 위에 가르침을 따라 자리이타의 보살행을 실천한다면 너와 내가 모두 행복한 불국토가 장엄될 것입니다.

2015년 7월 25일 초판 1쇄 인쇄
2015년 7월 30일 초판 1쇄 펴냄

지은이 ㅣ 일우 스님
펴낸이 ㅣ 이철순
디자인 ㅣ 이성빈

펴낸곳 ㅣ 해조음
등　　록 ㅣ 2003년 5월 20일 제 4-155호
주　　소 ㅣ 대구광역시 남구 대명2동 1800-6 불교대구회관 2층
전　　화 ㅣ 053-624-5586
팩　　스 ㅣ 053-624-5587
e-mail ㅣ bubryun@hanmail.net

ISBN 978-89-92745-46-8 03810
• 잘못된 책은 바꾸어 드립니다.　• 책값은 뒤표지에 있습니다.